# 最弱のネクロマンサーを追放した勇者たちは、何度も蘇生してもらっていたことをまだ知らない

Saijyaku no necromancer wo tsuihoushita yusyatachi ha nandomo soseishite moratteitakoto wo mada shiranai

玖遠紅音
KUON AKANE

illustration
ハル犬

Main Characters
登場人物紹介
フォルニス
謎の魔人族。
ダンジョン・
グランドーラの
ボス的存在。
レイル
本編の主人公。
「死を操る能力」を持つ
ネクロマンサー。
勇者パーティから
追放されてしまう。
フィルカ
高い戦闘力を持つ
魔族の少女。
レイルの故郷に
突然現れた。

ラティル
神に選ばれた勇者。
己の力を過信して
周囲を見下す。
ミスト
マイペースながら
凄腕の錬金術師。
レイルの友人。
ミルア
ミストの妹。
かなりの兄想い。
双剣を自在に操る
剣聖。

# プロローグ　陰の実力者

「ふはははははっ!!　これが人類最強の勇者パーティだと!?　笑わせてくれる。ただの雑魚《ざこ》集団ではないか!!」

魔剣の一撃によって、あっという間に命を落とした勇者たちを前に、魔将レグナートが高らかに笑った。

魔族特有の青紫色の皮膚《ひふ》と、頭部に生えた立派な二本の角。

その周りには空に浮いた四本の魔剣が舞っている。

「残すは貴様ただ一人。どうやって我が魔剣から逃れたのかは知らぬが、次で終わりよ！」

ああ、確かに終わりだな。

勇者ラティル、魔法使いフィノ、聖騎士アーク。

本来、対魔族の最高戦力であるはずの三人は今、バラバラに切り刻まれ、無残な死体姿を晒《さら》している。

残されたのは、俺ことレイルただ一人。普通ならどう考えてもこの状況は詰みだ。

「ククク、どうした。恐怖で逃げる事すらできないか？」

「……ああ、そうだなぁ。これから動く死体が三つも現れると思うと、怖くて怖くて仕方ねえよ」

「……何？」

この状況、普通に考えたら四人がかりで敗北した相手に、たった一人で挑んだところで勝ち目なんかあるはずがない。

そう、普通だったらな。

「さあ、起き上がれ、勇者たち!!　お前たちの仕事はまだ終わっていないぞ!!」

「……ぅ、ぁぁ……ぅ？」

「――なっ!?」

次の瞬間、俺の呼び声に応じて、先ほどまで完全に死んでいたはずの勇者ラティルが、地面から生えてきたゾンビかの如くのろのろと起き上がる。

それに続いてフィノとアークの二人も同様に立ち上がり、魔将レグナートと対峙《たいじ》する。

その肉体は急速に修復されていき、彼らが再び武器を構える頃には傷なんて一つも残っていなかった。

ただしその目の色は白と黒が逆転し、皮膚も青白く意識もハッキリとしていない。

その様はまさに動く死体だ。

「一応、名乗っておこう。俺の名はレイル。勇者ラティル率いる勇者パーティのネクロマンサーだ！

さあ、行け!!」

「ぁ、ぁぁぁぁっ！!?」

ネクロマンサー。それは数ある職業《ジョブ》の中でも最高峰の、『死を操る能力』を持つ。

つまりこのように死んだはずの勇者たちを、死から救い出すことができるのだ。

ただしこんな感じでゾンビのようになってしまい、その間だけは俺が使役し、自在に動かすことが出来る。

数分後には、元通りの完全なる蘇生《そせい》が完了するのだが、それまでは俺の人形も同然だ。

「くっ、ネクロマンサーだと⁉　だが雑魚三匹が生き返ったところで我が敵ではな――いっ⁉」

「ああ、言い忘れていた。気を付けろよ。俺が操っている時、その死体の戦闘能力は、生前の数倍になる」

「チッ、おのれえええええっ‼」

魔将レグナートが放った魔剣の一撃を全て躱《かわ》して懐《ふところ》へと入った勇者ラティルの聖剣が、その両腕を一瞬にして斬り落とした。

そして後衛へと流れてきた魔剣を、修復された大盾を構えた聖騎士アークを割り込ませることで完全に防ぎきる。

さらに魔法使いフィノによって生成された極大の火焔球《かえん》が三つ、凄《すさ》まじい勢いでレグナートに突き刺さった。

「が、はっ……」

先ほどまでとは明らかに違う、強烈な一撃を受けたレグナートが地に膝をついた。

両腕を失い、皮膚には大きな火傷《やけど》跡。決して浅くない傷だ。

それに対してこちらは強化蘇生が成された無傷の勇者パーティ。

「……さあ、とどめだ。やれ」

「な、まっ――」

◇　◇　◇

「――はっ!?　ここは……」

「魔将レグナートはっ……もう、倒したの？」

「ああ、どうやらそのようだ。完全に死んでいる」

数分後、ラティルたちが意識を取り戻す。

彼らの目の前には傷だらけで倒れたレグナートの死体があり、その周りで三人が状況を呑《の》み込もうとしていた。

「ふっ、最初こそ苦戦したが、やはり勇者たる俺の敵ではなかったか」

「そのようね。最初こそあたしの魔法を喰らってもピンピンしてたから焦《あせ》ったけど、やっぱりちゃんと効いていたんじゃない」

「今回の僕の守護も完璧《かんぺき》だったようだね。その証拠に、僕たちの体には一切傷がない」

……この蘇生には一つ大きな難点がある。

それは、自分が殺された事実と俺が操っている間に関する記憶が、ほとんど残らないと言うものだ。

どうやら操られている間、自分たちが戦って倒したと言う、うっすらとした記憶だけが残るらしい。

だからこそ彼らは、無意識の内に自分たちの力で魔将レグナートを討ったのだと誤認し、こうやって調子に乗っているのだ。

「それにしてもよお、ネクロマンサーさんはちっとも役に立たねえよなあ」

「あたしたちが強すぎて死なないからしょうがないじゃない。ま、もしあたしたちが死んじゃったとしても、レイルだけが生き残って蘇生できるとは思えないけど」

「そもそも絶対的な守護能力を持つ僕がいる限り、死者なんて出るはずがないしね。残念だけど君の出番はないよ」

更に厄介なことに、こいつらはいつ彼らがやられてもいいように最後衛で待機している俺の事を役立たず扱いしてくるのだ。

最初こそ何度も何度も、俺が蘇生したおかげで勝てたと説明したのだが、勇者パーティに選ばれた自分たちの実力を過信してか、全く信じてもらえなかった。

もう説得は諦めて、適当に流すことにしている。

「はは、悪かったな。とりあえずレグナートは倒したんだし、街に戻ろうぜ」

「お前が指示を出すなよ。パーティリーダーは勇者である俺だぞ！」

「分かった分かった。怒るなって」

はぁ……いっその事次から蘇生するのやめてやろうかなぁ……

それか一生ゾンビのままにしてやるのも悪くないかもしれない。

——いや、そうすると後々、面倒な目にあうのは俺か……

# 一話　ネクロマンサー、追放される

「レイル。お前は今日限りで俺のパーティから抜けてもらう」

「……は？」

魔将レグナートを討ち、俺たちの故郷であるゼルディア王国へ帰還したその夜。

メンバー全員を酒場に集めた勇者ラティルが、唐突にとんでもないセリフを吐いてきた。

俺がパーティを追い出されるだと？　一体何を言っているんだコイツは。

「おいおい、何の冗談だよ。ちっとも面白くないぞ」

「冗談なんかじゃない。なあ、二人共」

「そうね」

「残念だけど、これは君のためでもあるからね」

「フィノとアークまで……」

ラティルの問いかけに、魔法使いフィノと聖騎士アークが同意を示す相槌を打った。

二人共、俺をパーティから強制的に脱退させることに異存はない、と言わんばかりの表情をしている。

むしろそれが当然といったふうにすら捉えられた。

「どういう理由か、説明してくれるんだろうな」

「ハッキリと言われないと分からないのか？　なら言ってやろう。レイル、お前は俺たちの戦いについていく上で力不足だ。この先の戦いにお前は必要ない！」

「……なんだと？」

「だって考えてもみろ。俺たちが戦う時、お前はいつも一番後ろに陣取って、ただ俺たちが敵を倒すのを眺めているだけだ。俺のように天才的な剣の腕がある訳でも、フィノのように強力な攻撃魔法が使える訳でも、アークのように優れたサポートができる訳でもない」

両手を広げて演説を行っているかのように饒舌《じょうぜつ》に語るラティルと、それに頷《うなず》く二人。

「お前のただ一つの長所である蘇生能力も、人間相手に使っているところなんか見た事ない。死んで三分以内の死体じゃないと蘇生できないとか言って、本当はそんな能力持ってないいんだろう？」

「はぁ……」

まったく好き放題言ってくれるじゃないか。

確かに俺の蘇生の力は、死んでからおよそ三分以内でないと、完璧な形で発揮出来ない。

絶対に成功させられる自信があるとはいえ、実演するために目の前で人を殺す訳にはいかなかったので、他の動物や魔物を蘇生させて見せた事しかない。

しかし実際俺はこの蘇生能力でパーティの危機を幾度となく救ってきた。

人間を蘇生できることは間違いないのに、それを誰一人として知らないのは、強敵相手だと毎回お前らが全滅しているからだ。

一人でも生き残ってくれれば、実際に目の前で蘇生を見せてやることが出来たのに、コントかの如く毎回全員纏《まと》めて死にやがるから、みんな記憶を失ってしまうんだよ……

「という訳だ。お前はもう勇者パーティのメンバーじゃない。勇者の証《あかし》を返してもらおうか」

「……本当にいいんだな？　一応前にも言ったが、もう一度ちゃんと言っておく。お前らは勇者パーティとしての活動を始めた一年前から今日までの戦いで、計十五回も全滅している。そのたびに俺が蘇生して敵を倒してきたんだぞ」

「まーた始まったわ。レイル、そんな嘘を吐いたって無駄よ。だって私たち三人は誰一人としてその姿を見ていないんだもの」

「だから蘇生をすると記憶が――」

「もういい!!　レイル、その嘘話は聞き飽きた。勇者の証を置いて、もう俺たちの前に姿を現すな!!」

「……分かったよ。それがお前たちの総意だって事はよく理解した。今まで世話になったな」

もう、これ以上は何を言っても無駄だろう。こいつらにはつくづく愛想が尽きた。

今までどれだけ俺が助けてやったのかも知らずに、その恩をこんな形で返された以上、もう俺がこいつらの面倒を見てやる必要はない。

俺は王国から勇者一派の証明として譲り受けた、王家の紋章入り五角形の金属板をテーブルの上に置いた。

金メッキが施されたそれが、天井の明かりから放たれた光を反射して僅《わず》かに光る。

一年前、神託が降りたとか言っていきなり集められた勇者パーティも、これで終わりか。

まあ勇者パーティなら他の国にも複数ある。

こいつらはその中でも最弱の部類に入るだろうから、本当の意味で全滅したとしても、きっと何とかなるだろう。

「じゃあな。せいぜい死なないように頑張るんだな」

「お前なんかに言われずともそうするさ。いずれ魔王を討つのはこの勇者ラティルなんだからな！」

「……そうかよ」

きっと後悔するぞ。

そんな捨て台詞みたいな言葉を心の中で呟きながら、俺は酒場を後にした。

## 二話　ネクロマンサー、振り返る

「俺が憧れた勇者は、あんなものじゃなかったはずなのにな」

酒場から宿へ向けて歩く一人ぼっちの夜。

満月の光に照らされた小さなベンチに、俺はゆっくりと腰を下ろした。

「俺はいつかこの本の主人公みたいな英雄になるんだ！」

子供《ガキ》のころに幾度となく読んだ一冊の本。

今まで誰も握る事が出来なかった伝説の剣を振るい、頼れる仲間と共に巨悪を討つ。

そんなありふれた英雄譚《えいゆうたん》だ。

だけど俺は、それに強い憧れを抱いていた。

いつかきっと、俺もこの主人公のように凄いことを成し遂げるんだと信じてやまなかった。

だから俺は、来るはずもないチャンスに備えて、子供ながらに村の大人なんかに教えを請うて、体を鍛えたりしたものだ。

今だから分かるけれど、あの時の大人たちは、当時の俺を生暖かい目で見ていたんだろう。

だがあれは二年前の事だ。

絶対に来るはずがないチャンスが、俺の下に舞い降りてきたんだ。

「私はゼルディア王国王立騎士団第三部隊隊長のガルシア。この度ネクロマンサーのレイル殿をお迎えせよ、との神託が下ったため、馳《は》せ参じた」

ある日突然、俺が暮らしていた村に姿を現した、王立騎士団の面々。

そのトップであろう壮年の男性が、突如俺に向かってそんなセリフを吐いたのだ。

始めは何を言っているのかさっぱり分からなかった。

話を聞いてみると、近々魔族との戦争が始まるらしい。

それに対抗するため、神の代理なる者のお告げに従い、勇者の職業《ジョブ》を持つ王子を中心とした、先鋭集団を結成する事になった。

その一人が俺。ネクロマンサーという稀有《けう》な職業《ジョブ》を生まれ持ったレイルだ、と彼は言った。

呑み込むまでには時間はかかった。

やがて現実だと認識すると、今までため込んできた熱い感情が一気に湧き上がってきて、確認すら取らずに二つ返事で快諾したことを今でも覚えている。

それからはもはや説得とすら言えない一方的な説明と別れを告げて、俺は生まれ育ったルスフルの村を飛び出す事となった。

その時の俺は自信と希望に満ち溢れていて、これから描くであろう新たな英雄譚に胸を躍《おど》らせたモノだった。

だが、現実は――

「そう、上手くはいかねえんだよな」

俺の役割はおおよそ主人公には程遠いサポート役。

その上、主人公になるべき男――ゼルディア王国王子である勇者ラティルは、どうしようもないクズだった。

仲間の魔法使いフィノと聖騎士アークも、共に王侯貴族の出。平民の出である俺にはあまりいい印象を持っていないらしく、出会いから雰囲気は最悪に近かった。

彼らの戦闘能力は俺より低いし、遊んでばかりで、ちっとも己を鍛えようとしない。

本来、誰よりも才に溢れて磨けば磨くほど強く光る逸材のハズなのに、ちやほやされる現状に満足して動かない。

代われるものなら代わってくれよ、と何度思った事か。

いい加減にしろよ、と何度殴ろうと思った事か。

それでもいつかは報われると信じて、ひたすら頑張ってきたが、もうそれも終わりだ。

「……村に、帰ろう」

もはやため息すら出てこない。

長い長い子供じみた夢から覚めたんだ。これからは現実を見て生きていかなければならない。

もう、幻想を追うのはやめよう。

「……そう、言えたらよかったんだけどな」

それは今までの自分を否定する行為。少なくともこの二年の間で頑張ってきたことは、無駄ではなかった。

そう、誰かに認めてほしい。

「……虚《むな》しい、な」

気づけば手を高く伸ばして、決して掴むことのできない満月を撫でていた。

## 三話　ネクロマンサー、出発する

俺が勇者ラティルのパーティを除名されてから一夜が明けた。

王国側の支援で二年近く借り続けていた、狭くはないが広くもない宿屋の一室で、早起きした俺は手早く荷物を纏《まと》めてしまう。

どうせ俺が勇者パーティから追放されたことは、すぐに国王陛下の耳に入るだろうし、そうなったらここに住み続ける事は不可能になる。

その時わざわざ一悶着《ひともんちゃく》を起こすのもバカらしいので、俺の方からさっさと出ていってやろうという訳だ。

それに早起きしたのにはもう一つ理由があるのだが、それはその場所に行ってからだ。

「あら、レイルくん。おはよう。随分と早いわね。大荷物だけど、またどこかに出かけるのかしら」

「おはようございます。ええ、ちょっといろいろと事情がありまして……あと急で申し訳ないんですけど、今日限りで王都《ここ》を出ていく事になっちゃったので、今までありがとうございました」

「ええっ!?　そりゃまた随分急ねえ……」

俺の部屋は二階なので、食堂となっている一階へ下りると、宿主の奥さんが俺に声をかけてきた。ちょうど良かったので、俺が出ていく事になった趣旨を簡潔に話す。

昨日俺が戻った時は既に夜遅かったので、話すのは朝に回したのだ。

彼女の作る料理は俺の好みだったので少し名残惜しいが、これぱかりは致し方ない。

「はい、すみません。もっと早くに言えれば良かったのですが……」

「レイルくんの事だから、何か深刻な事情があるんでしょう？　深くは聞かないけど、また近くに来ることがあったら、いつでもウチに寄ってちょうだいな。もうレイルくんは私の子供みたいなものなんだから」

「……！　ありがとうございます。その時は、必ず」

社交辞令かもしれないけど、今は奥さんの優しい言葉に、少し心が癒されるような気がした。

もともと奴らとは関係が冷え切っていたとはいえ、この約二年間、俺は魔王を倒すためだけに生きてきた。

戦闘訓練を積むのに一年近く。そして旅を始めて一年近く。

人生の貴重な時間が、あんなくだらない追放宣言で全てが無駄になってしまった。

そう思うと全く心が痛まないなんてことはなかったのだから。

俺は出口で深く一礼してから宿屋を後にし、そのまま真っすぐある場所へと向かった。

◇　◇　◇

「よし、着いた。転送門《てんそうもん》」

俺が向かった先。そこにあったのは縦長で透き通った真紅の結晶だ。

これは転送門と呼ばれる特殊な魔道具であり、王都リィンディアの各地に五つほど設置されているものだ。

これを使う事で王国内であればどの町、どの村にでも一瞬で移動することが出来る。

つまりこれを使って故郷の村に帰ろうという訳だ。

俺は早速その前に立っている転送管理人の男に話しかけた。

「すみません。転送、お願いしたいんですが」

「はい──って！　あなたはレイルさんじゃないですか！　こんな朝早くにどこかへいらっしゃるのですか？」

「ええ、ルスフルの村へ行きたいんですが、大丈夫ですか？」

「はい、それは大丈夫なのですが……」

彼とは過去に何度も転送をお願いしている関係上、既に顔見知りになっている。

名前はファラン。年齢は知らないけれど俺よりも上なのは間違いない。

「じゃあ早速お願いしま──」

「あ、あのっ！　ちょっと待ってください……」

「え、あ、はい。どうしました？」

「あの……もし急ぎの用じゃなかったらでいいんですけど、一つ頼みを聞いてはいただけませんか？」

「頼み、ですか？」

転送管理人のファランさんが俺に頼み事とは一体何なんだろうか。

俺がこの転送門を使う事を周囲に悟られる前に、さっさと帰りたいのが本音だが……

「とりあえずお話だけでも聞きましょう」

「ありがとうございます。実はですね……」

◇　◇　◇

「なるほど、大体事情は理解しました。小さい娘さんが遊んでいる途中で、片目を怪我して失明してしまったと。それを治すには莫大《ばくだい》なお金が必要、かつすぐには治療できないという事で、困っている訳ですね」

「はい……」

「そこで俺ならすぐに治せるんじゃないか、と」

「はい……本当は今も隣にいてあげたいのですが、今日の仕事はどうしても休めなくて……お願いします。私に出来るお礼なら何でもしますので、娘を助けてください……」

失明、か。

玩具か何かが目に突き刺さってしまったんだろうが、その痛みを考えただけでも恐ろしい。

確かに、回復系職業《ジョブ》のような能力を持つネクロマンサーの俺ならば、すぐに治してやることが出来るだろう。

ならば俺が出す答えは一つ。

「分かりました。引き受けましょう」

今の状況で俺にしか助けることが出来ないのなら、断る理由はない。

俺がその意思を示すと、先ほどまで暗かったファランさんの表情が、少し明るくなったような気がした。

## 四話　ネクロマンサー、故郷に帰る

「おにいちゃん……なにを、するの……？」

「大丈夫だ。その右目、すぐ治すからな」

教えてもらったファランさんの家を訪れると、若い奥さんが出てきた。

最初は、今客の相手をしている余裕はないと言った様子だったのだが、俺、レイルが治療に来たと分かるや否や、中に入れてもらうことが出来た。

そしてすぐに、娘さんが寝かされているベッドへと向かう。

一応簡単ではあるが応急処置が施されており、早速幼い少女の右目を覆っている布を慎重に取り外して右手をかざす。

「レイルさん……お願いします」

「はい。では始めますね」

欠損した眼球へと意識を集中させる……すると彼女の顔と俺の右手に青い炎のような光が灯る。

これを通じて俺の魔力とリンクさせ、眼球の再生を試みる。

そう、再生だ。

俺の職業《ジョブ》はネクロマンサー。つまり『死』に関するスペシャリストだ。

言い換えれば、傷や機能の『死』を『生』へと逆転させているので、どちらかと言えば復元もしくは再生能力を持つスペシャリスト、と言うのが正しいだろう。

故に今回も死んでしまった彼女の右目を生き返らせるのだ。

「……よし、これで終わりました」

ほどなくして、再生は完了した。

この二年間、己の能力を高めるために、かなりの訓練に加えて医学等の勉強を重ねたおかげか、村にいた頃より遥かに早い再生が可能になっている。

「……あれ？」

「ほら、目を開けてみて」

「……あっ！」

閉じていた右目がゆっくりと開いていく。

言葉には表れなかったが、反応を見る限りちゃんと見えているのだろう。

よほど嬉しかったのかそのまま飛び起きてしまいそうだったので、俺は慌てて止めて寝かせなおした。

「怪我をしてからずっと痛みで寝られていなかったはずだ。今はゆっくりと休んだ方がいい」

「……はーい」

ちょっとだけ不満そうな顔だったけど、枕に頭を乗せてやるとすぐに眠りについてしまった。相当体力を消耗していたのだろう。

「ありがとうございました、本当に……レイルさんが来てくれなかったら、この子はどうなっていた事か……」

「次からはこんなことにならないように、気を付けてくださいね」

「はい……ありがとうございました。えっと、その、お礼ですが……」

「ああ、いりませんよ。その代わりファランさんに、ちょっとしたお願いをさせてもらいますので」

「夫に？　それは一体……」

「そんな身構えるようなモノじゃないですから安心してください。それじゃあ、先を急いでいるんで失礼します」

せめてお茶でも、と引き留めようとしてきた奥さんだったが、俺としてはさっさと村に帰りたかったので丁重にお断りした。

何故俺がこんなに急いで帰ろうとしているのか、それは王国側の連中が俺を引き留めに来る可能性があるからだ。

説明を受けただけのあのバカ勇者共は信じていないが、死刑囚を使った実験をやっているので、蘇生能力と再生能力は間違いないと言う事を王国側は知っている。

だからこそ勇者共が勝手に追放したことを知れば、ほぼ確実に引き留めに来るはずだ。

まあどうせラティルの奴は、すぐには報告に行かないだろうから、まだ大丈夫だと思うが……

とりあえず急いで村に帰って挨拶をしてから、迷惑をかけないよう、そのまま旅に出た方がいいだろう。

　俺はやや駆け足気味でファランさんがいる転送門の下へと戻っていった。

◇　◇　◇

「おお、レイルさん！　娘は、娘はどうなりましたか⁉」

「無事治せましたから安心してください」

「良かった……ありがとうございます。何とお礼を言ったらいいか……ここでレイルさんに会えたのは本当に幸運でした」

「それはそうと、なんで俺が失明を治せる力を持っていると知っていたんですか？」

「あれ、ご存じないんですか？　レイルさんは治療院に行けない人たちの傷を無償で治してくれるという噂が広まって、勇者パーティの中で一番人気が高いんですよ」

　確かに、ただでさえ高度な回復魔法を扱う人は少ない上、優れた腕を持つ術師が開く治療院は、貴族優先でかつ高額だ。

　だから俺は、そう言うのに頼れない人たちの治療をして回った事もあった。

　もともと人の役に立つのは好きだったし、お金も王国から一定額を支給されるので、魔族が現れる時以外は時間があった、という理由もある。

　まあもっとも、もう勇者パーティから除名されたし、この王都とはおさらばするので、せっかくの人気も無に帰する訳だが。

「だから、と言ったら失礼ですが、ダメもとでお願いしてみたんです。それでお礼ですが……」

「いらない、と言いたいんですが、一つだけお願いを聞いてもらえますか」

「お願い、ですか」

「ええ。俺がこの転送門を使ってルスフルの村に行った事を、記録しないでもらいたいというだけなんですが……」

どうせそのうちバレるとは思うけど、少しでも時間を稼ぐためにと思いついた事だ。

「なるほど……本当はダメなんですけど、分かりました。レイルさんがルスフルの村に向かった事は、ここだけの秘密とします」

「ありがとうございます。では早速」

「分かりました。重ねて言いますが、本当にありがとうございました！」

俺は会釈をする事でその返事とし、お金を払ってから目的地が切り替わった転送門にゆっくりと手を伸ばした。

そして発生した淡い赤色の光が俺の体を包み、次の瞬間、俺は懐かしい故郷の村の入口に立っていた。

# 五話　ネクロマンサー、家族と再会する

ルスフルの村。

それはゼルディア王国の辺境に位置する小さな村だ。

人口はそんなに多くないけれど、自然に囲まれた美しく住みやすい村だと俺は思う。

「……ん？　お前は、レイルじゃないか！」

「ああ、久しぶりだな、ライル兄さん」

村の周辺は人間の目には見えない半球状の特別な結界で覆われており、人も魔物も出入りができないようになっている。

ただし入口部分だけは、別の魔道具で結界の対象外になっていて、そこを見張っている兵の一人が俺の兄であるライル兄さんだ。

ライル兄さんは俺を見つけるや否や、慌てて走ってきた。

「お前！　無事だったのか？　大丈夫か？　何か変な事はされてないか⁉」

「お、落ち着けって。一応体は何ともないから」

「良かった……二年前、お前が急に王国騎士団に連れて行かれたと聞いた時は、本当に焦ったぞ……」

「心配かけてごめん。けど、とりあえず無事に帰ってこれたよ」

「とりあえず父さんと母さんにも早く顔を見せてやってくれよ。俺もちょっと代わってもらってくるからさ！」

俺が分かった、と返すと兄さんは頷いてどこかへ行ってしまった。

若干ブラコン気味の兄さんは相変らずだな、と思いながら俺は村の中に入っていく。

そしてそのまま真っすぐ俺の家に向かい、躊躇《ためら》う事なくその扉を開けた。

「ただいまー」

「あら、ライル？　随分早かったわね――レイル!?」

「ああ、ただいま、母さん」

たまたま玄関近くにいた母さんもまた、兄さんと同じような反応を見せてくれた。

二年ぶりに見る俺の家は、王都の立派なそれを見慣れているせいか小さく見えたけれど、ああ、帰ってきたんだな、という実感が湧いてくる。

「ちょっと、リィア！　レイルが帰ってきたわよ!!」

母さんが階段の先の二階に向かって大きな声でそう呼ぶと、上からガタガタと激しい音がした後すぐに猛スピードで一人の少女が下りてきた。

黒髪の俺とは真逆の美しい白色の髪を長く伸ばした可愛らしい彼女の名はリィア。

俺の二個下の妹で、大切な家族の一人だ。

ちなみにライル兄さんと父さんも同じ白髪で、母さんは亜麻色の髪を持つ中、俺だけが真っ黒なのは、ネクロマンサーであることが関係してくるのかなと勝手に推測している。

「本当だ……帰ってきたんだね、お兄ちゃん」

「ああ。ただいま、リィア。元気にやっていたか？」

「それはこっちのセリフだよ！　あの時どれだけ私が心配したと思ってるの……」

「それに関しては本当に悪かった。けど俺の方もいろいろあってな。父さんは？」

「お父さんは外で仕事してる。後で呼んでくるからとりあえず早く中に入って！」

そう言われて俺は、靴を脱いで約二年ぶりに実家の床を踏んだ。

◇　◇　◇

それからしばらく、家族でこの二年間であった事を話し合い、あれこれやっていたらもう少しで夕日が落ちる時間にまでなっていた。

近況報告と言っても、この村自体は特に大きな変化があった訳ではなく、俺が体験した出来事の話がほとんどだったがな。

俺が連れて行かれた時の事。

初めて王都と言う大都会を目にした事。

勇者パーティの一員としていろいろな敵を倒してきた事。

そして、追放された事も。

俺は全てを吐き出した。

父さんも母さんも兄さんもリィアも、みんな真剣に俺の話を聞いてくれた。

「そっか、いろいろあったんだな。だが俺はお前が無事に帰ってきてくれただけで十分だ」

「ライルお兄ちゃんの言う通りだよ！　それでもう、どこにもいかないんだよね？」

「いや、それがな……」

そして俺は、早ければ明日にもこの村から旅立つことを家族に告げた。

俺が何か悪いことをした訳ではないけれど、なるべく迷惑をかけないように村を出る意思を示したのだ。

「そっかぁ……せっかく再会できたのにすぐ行っちゃうのかぁ」

「今度は時々戻ってくるようにするから大丈夫だって」

「まあ、お兄ちゃんがそう言うなら仕方ない、か」

そんな感じで時間がどんどん過ぎていき、俺は一旦家を出て、夜の村を一人で歩いていた。

人がたくさんいる賑やかな夜の街もいいが、やっぱり俺には、静かで優しいそよ風を肌で感じられるこの小さな村の夜の方が好きだ。

昼間も一回外に出て村の人たちに挨拶をして回ったが、今度は感慨にふける時間が欲しかった。

そしてしばらく歩いていると——ドンッ!!　と何かが爆発したような音が、村の外から聞こえてきた。

「……なんだ？」

その音は村全体に響いたのか、続々と家から人が出てくる。

魔物だったら危ないと思い、俺はすぐさま走ってその場所へと向かった。

「ッ!?　なんで、こんなところに……」

見覚えのない巨大なクレーターの中央では、何やら紫色の光が渦巻き、やがてその光は人に似た形を取っていった。

ただし月明かりに照らされた青紫色の肌と、頭部に生えた二本の角が、彼女が人間ではない事を証明していた。

「魔族……何故……」

そう、見た目こそ害のなさそうな少女の姿をしているが、それは間違いなく人類の敵――魔族であった。

## 六話　ネクロマンサー、恐怖する

「一体何があったんだ？」

「音がしたのはこっちの方だったよな」

「あ、おい！　誰かいるぞ！」

俺が魔族の少女を前にどうするか考えていたところで、村人たちが続々とこちらに向かってきた。手に持っている照明魔道具による光が一斉に当てられ、その眩しさから思わず手で目を覆ってしまう。

「……ん？　なんだ、レイルじゃないか。こんなところで何をしてるんだ？」

「いや、俺もさっき来たばかりでよく分かっていないんだが、こんなところに魔族がいて驚いてい

たところだ」

「魔族……？　ちょっと待て！　この子、酷い怪我を負っているじゃないか！」

謎のクレーターを恐れているのか一歩引いて様子を窺《うかが》う村人たちだったが、その中心に俺がいる事に気付いたライル兄さんがやってきた。

転ばないように注意しながら駆け下りてきた兄さんは、傷だらけで倒れている魔族の少女を見て驚いた様子を見せた。

「レイル、この子を治療してやることは、できるか？」

「いやいや！　ちょっと待てよ、ライル兄さん。知っているだろ？　コイツは魔族、人類の敵だ。もし変に治して襲われたらどうするつもりなんだよ！」

「それはもちろんその通りだが、この子が俺たちに害を為す存在だと、まだ決まった訳じゃないだろう？　魔族だからって見殺しにするのは少し気が引けるな」

「それは……いや、やっぱりダメだ。もしコイツを治したその瞬間に村を襲い始めたら、俺が全てを護り切れるとは保証できない」

「……分かった。だったらこう言うのはどうだ。傷は完全には治さず、拘束した状態で対話を試みるんだ」

「……これは俺と兄さんだけで判断していい事じゃないだろう？　他のみんなにも聞かないと」

「ああ、そうだったな。おーい！　ちょっと来てくれないか！」

そうだった。ライル兄さんはブラコン（に加えてシスコン）だけでなく、お人好しの性質も持っているんだった。

ほどなくして村人たちがクレーターの中心へと集まってくる。

そして兄さんの状況説明を受けると、ほとんどの人が、とりあえず見殺しにはしないという方向性で一致してしまった。

ライル兄さんに限らず村人の多くは、魔族の強さと脅威をよく知らないからこそ、こう言えるのだろう。

「……もう一度だけ聞くけど、本当に治していいんだな？」

「ああ、頼む、レイル」

「分かったよ。それじゃあとりあえずこの子を村まで運ぼう。治療はそれからだ」

意識はなく傷も深いが、浅いながらもまだ呼吸がしっかりとできているようなので、すぐには死なないだろう。

俺は恐る恐る少女の体へと手を伸ばし、抱えて連れて行こうとしたのだが――

「っ⁉」

次の瞬間、何かに亀裂が走るような鋭い音が響いた。

音がした方向を振り返ると、そこにあったのはヒビだった。

そう、何もない空中に紫色の亀裂が走り、それは更なる音を立てながら広がっていく。

凄まじく嫌な予感がした俺は、すぐさまみんなの方に振り返って、叫んだ。

「すぐにここから離れろおおおおっ‼」

その声と共に、走る。

異変を理解したライル兄さんも、みんなも俺に合わせて慌ててクレーターの外へと走る。

そして振り返る。ヒビは家数軒分と言ってもいいほど巨大に広がり、割れ始めた。

「まさか……っ!!」

その、まさかだ。

ヒビから現れたのは、巨大な爪。

魔族と同じ青紫色に染まった皮膚と、血の如く真っ赤に光る爪が見えた。

顔から血の気が引いていくのが自分でも分かる。

コイツは、ヤバい。

俺の直感が、本能が、危険であるという警鐘を全力で鳴らしている。

「もっと急げ！　早く村に避難してくれっ!!」

「レイル、お前はっ!?」

「俺はコイツを抑える!!　後で必ず戻るから、早くっ!!」

「わ、分かった！　頼んだぞ!!」

ほどなくして、空間に広がったヒビは派手な音を立てて崩れ去る。

そして現れたのは――

「グオオオオォォォォォオオッツッ！！！」

天を衝《つ》かんばかりの咆哮《ほうこう》。

俺の身長の十倍は優に超えていそうな、翼を大きく広げたドラゴンだった。

## 七話　ネクロマンサー、苦戦する

ドラゴン。この世界の最強生物と言われる存在だ。

とはいえ俺たちのような人間が、普段お目にかかる事なんてほとんどない。

何故なら彼らは人々が生存できない秘境にて、ひっそりと暮らしている個体がほとんどだからだ。

それが何故、こんなところに現れた？

しかも魔族の少女が現れてすぐの出来事。

皮膚の色も俺が見たことのあるドラゴンとは違う、魔族と同じ青紫色。

それはまるで魔族の世界から彼女を追いかけてきたかのようで――

「ガアアァァアッツ!!」

「ッ!!　チィッ！」

ドラゴンは咆哮を終えると、勢いよく大地を蹴って空へと飛び上がった。

そして奴が、長い首を向けた先は俺ではなく――悲鳴を上げながら逃げ惑う村人たちだった。

やがて巨大な口が大きく開かれ、鋭い牙の間に紫色の炎が灯る。

俺は村人とドラゴンの間に割り込もうと走るが、あちらは空を駆ける天空の王者ドラゴン。

とてもじゃないが俺の足じゃ間に合わない。

だが、射程圏内に入った！

「生死反転！　消え去れ火球!!」

ネクロマンサーが扱う秘術――生死反転。

その名の通り、ありとあらゆるものの生死を入れ替える。

だが、魂の強度が高い生物に即死効果は全く効かない。

だから俺は、本体を狙わない。

ドラゴンが吐き出した極大の火球、それに向けて生死反転を試みた。

莫大な魔力によって生まれたばかりの炎に、死を。

「はああああああっ!!」

――クソッ！　アホみたいに魔力が込められているせいで全然消えねえッ!!

もっと、もっと強く術をかけなければ――っ!?

「ガアッ!!」

「しまっ――」

鎮火までには至らなかったが何とか勢いを殺し、空中で鍔迫《つばぜ》り合《あ》いのような状況となっていたのだが、なんとドラゴンがその脚で火球を蹴り飛ばしてきたのだ。

新たな力を得た極大火球は、凄まじい勢いで俺の方へと向かってくる。

一瞬思考がストップしたが、すぐに身の危険を覚えて逆方向に走り、跳び伏せた。

直後、着弾した火球が爆音と共に弾ける。

俺の視界は真っ赤に染まり、同時に体に凄まじい熱が加わってくる。

「う、ぐ、くっ……あァッ!!」

爆炎に焼かれた身を即座に再生し続ける、という荒業で耐える。

まさに地獄の業火に焼かれる罪人の如く、無限にも思える時間を耐え抜く。

同時に生死反転で炎の勢いを弱め続け、ついに俺はこの状況を生き延びる事に成功した。

「はぁっ、はぁっ、あ、危なかったぞ……」

今のでごっそりと魔力を持っていかれたが、死ぬよりはずっとマシだ。

マズいな、コイツは強すぎる。

ドラゴンとは、勇者パーティにいた時に一回戦ったことがあったが、ハッキリ言ってコイツは、そのドラゴンの数倍以上は強いと見ていい。

「……ん?」

だがちょっと待て。ドラゴンの方もなんか様子が変だ。

まるで体の内側で何かが暴れ狂っているかのような、そんな苦しみ方をし始めた。

やがて空に留まっていられなくなったのか、その巨体が地面へと墜落した。

「なんだ……？　いや、悪いが今のうちにッ!!」

罠かもしれない。だが同時にチャンスかもしれない。

まっとうに戦っては絶対に勝てないと分かっていたので、俺は魔術によって小型化されていた剣を元のサイズへと復元し、ドラゴンの下へと走る。

そして――

「は、アッ!!」

もがき苦しむドラゴンの片翼に、漆黒に染まった刃を振るう。

これはただの剣ではなく、友人に作らせた俺のネクロマンサーとしての力を高めてくれる特殊な魔剣だ。

この魔剣が与えるのは毒だ。

ネクロマンサーの、死を与える能力を最大限に引き出し、刃が触れた場所から順に腐らせて壊していく。

それはやがて竜の硬い皮膚を打ち破り、深い傷を刻み込んだ。

「もう、一撃――!!」

振り切った剣の柄に再び力を籠め、今度は振り上げる。

「グ、ガアアアアァァアッッ!!」

「うおっ、っと!」

巨大な翼に決して浅くはない傷を入れられたことで激昂《げっこう》したのか、はたまた何かを振り払いたかったのか、体全体を使って両翼を激しく振り回してくる。

俺はその翼の一つに弾き飛ばされるも、何とか空中で体勢を立て直して着地。

再度剣を構えて様子を窺う。

ドラゴンは、今一度空に吼《ほ》えてから飛び上がる。

そして今度はどこにも狙いをつけず、あらゆる方向に向けて極大火球を吐き出し始めた。

夜の空に振る流れ星のように、無数に散っていった火球たちが地面へと辿り着くと、遠くの方で激しい火柱が上がるのが見えた。

「マズい、マズいぞ……勇者たち《やつら》といた時は強敵相手だと手軽に死体が手に入ったんだが……」

本来ネクロマンサーという職業《ジョブ》は、戦闘向きではない。

正確にはたった一人で強敵に挑むには全く相応《ふさわ》しくない職業《ジョブ》だ。

今は鍛えたおかげで何とか抗《あらが》えているが、あくまで俺の真価は味方の強化蘇生にある。

最後まで生き延びた上で、死んだ仲間を強くして生き返らせ、操る。

それ以外の能力はあくまでおまけに過ぎないのだ。

「……ん！　そうだ、コイツを——いや、でもそれをすると……」

俺はクレーターの中心で倒れている魔族の少女の存在を思い出す。

彼女は魔族。

魔族は生まれつき人間なんかよりも遥かに強いチカラを有していて、そんな魔族を強化蘇生したら、あのドラゴンにも抗えるんじゃないか、という思考に辿り着く。

しかしそれは同時に、数分後完全な蘇生が成されてしまうという欠点も含まれていた。

もし彼女がこのドラゴンに襲われて逃げてきたのではなく、共に人間界を滅ぼすために現れたのだとしたら……

「……いや！　後の事は後で考える！　今はアレを何とかしないと、人間界は終わりだ！」

そう。今の俺にあれこれ考えている時間はない。

他の国の勇者の実力は知らないが、俺でこのザマなら、正直束になってかかっても、アレに勝てる未来は見えてこない。

だからこそすぐに決断し、俺は急いで彼女がいるところへと走った。

## 八話　ネクロマンサー、魔族を操る

「よし、じゃあ早速――って、まだ生きてるのかよ！　なんつー生命力だ……」

幸か不幸か俺とドラゴンの戦闘にはほとんど巻き込まれなかったようで、致命傷を負いながらもかすかに息が残っているのが確認できた。

当たり前だがネクロマンサーは生きている人間を操ることが出来ないので、使役するには一旦彼女には死んでもらう必要がある。

「生死反転――悪く思うなよ」

俺は魔族の少女に手をかざし、弱り切った身体にとどめを刺した。

ここまで魂と肉体が弱っていれば、こうするだけで命を奪うことが出来てしまう。

そして――

「よし、起き上がれ、魔族！　お前の仕事はあのドラゴンを討ち取る事だ!!」

「う、うう……ああ……」

ボロボロの肉体は一瞬で修復され、操り糸を得た死体《にんぎょう》はのろのろと立ち上がる。

少女の閉じていた瞳が開き、無意識ながらも己の手足を確認し始めた。

それから暴れ回るドラゴンへと真っすぐ視線を向けさせた。

「死魂共有《ネクロリンク》」

悠長にしている時間はない。だが、俺はこの魔族についての情報――具体的にはどういう戦い方ができるのかを知らない。

故に死した魂が持つ情報を俺に共有させ、その戦闘能力を解析していく。

「職業《ジョブ》は、魔導剣姫《まどうけんき》？」

そもそも魔族に職業《ジョブ》という概念があった事に驚きだが、どうやら彼女は魔法と剣術の両方を駆使して戦う中衛タイプのようだ。

立ち位置的には魔法剣士と同じだが、同系列の中でも最上位に位置する職業《ジョブ》らしい。

「使える魔法、戦闘スタイルは……よし、把握した」

本当は戦闘能力以外の情報もじっくりと抜き取りたいところではあるが、今はそんなことをしている余裕がないので必要最低限の情報だけを選んで入手している。

その強さのほども大体理解した俺は、即このような判断を下した。

「これは――無理だな」

彼女は強い。それは魂を解析していれば十分なほどに伝わってくる。

そして自分で言うのもなんだが、俺も強い。

ほぼ職業《ジョブ》頼りとはいえ、人類の中でもトップクラスの実力を持っている、と自負している。

だがそれでも、勝てると言い切ることが出来ない。

多分いい勝負に持ち込むことはできるだろうけど、恐らく持久力の差で負ける。

何故ならこちらは、数分間だけしか持たない超強化、というハンデを背負っているからだ。

「……仕方ない」

ならばどうするか。

俺は面を上げ、未だ空間にその存在を残している巨大な穴へと視線を向けた。

先が見えない紫色の渦が蠢《うごめ》く不思議な穴だ。

この魔族の少女が現れた時にあったモノとよく似ている。

故に俺は穴の先を魔界と断定し、この神の如き強大なチカラを持つドラゴンを穴の先に送り返す。

そして生死反転で穴に死を与え、封じ込めるんだ。

「いけっ、魔族ッ‼」

「――――ッ‼」

ピクンッ、と一瞬肉体が硬直し、直後、勢いよく少女が走り出す。

目標はもちろん、ドラゴンだ。

そして走らせながら彼女の闇属性の極大魔法を三連続で起動させる。

「――ガアァァアッッ⁉」

爆発に次ぐ、爆発。

莫大な魔力が練りこまれた闇が弾けることで、ドラゴンの肉体に傷を与えていく。

だが目的はダメージを与える事ではなく、こちらに注意を引き付ける事。

「グガアッッ‼」

怒ったドラゴンは再びこちらへと狙いをつけ、猛スピードで突撃してくる。

そしてその鋭い爪を持って魔族を引き裂かんとするが――俺は敢えてその一撃を受けさせた。

直後、少女の肉体が引き裂かれる――が、俺のチカラで即座に再生。

しかしそんな事を知る由もないドラゴンは、次なる獲物である俺の方へと飛んでくる。

だが――

「今だッ――‼」

「あぁぁッ‼」

「グ、ガアッ⁉」

復活し、剣を高く構えた少女が、風の魔法を乗せた刃《やいば》を振り下ろす。

ゾンビであることを最大限に生かして背後を取り、巨大な風の刃を押し付けたのだ。

こんなものではドラゴンの皮膚は切り裂けない。

だが、これでいい。この刃は切り裂くものではなく、押すためのモノ。

今、俺の背後には魔界と繋《つな》がっているであろうゲートがある。

つまりこのまま押し続ければ、奴を向こうへと送り返せる――ッ!!

「行けええええっ!!」

俺自身も魔族に残り少ない魔力を送り、風の刃を更に強化する。

「グ、ガガ……ウガアアアァァッ！」

「よしっ――うおっ!?」

さらに勢いを増した風の刃がドラゴンの体を吹き飛ばし、魔界ゲートに放り込むことに成功したのだが、風圧に巻き込まれて尻餅をついてしまった。

なんともしまらねえが、これで終わりだ！

俺はすぐさま生死反転で魔界ゲートを閉じていく。

またも空間を突き破って出てこない事を祈りながら、淡々と進めていく。

すると――

――よく、やってくれた、人の子よ。

ゲートが閉じる、その寸前で、そんな声が聞こえた気がした。

## 九話　ネクロマンサー、魔族の現状を知る

「――っ、はぁ、はぁ……ギリギリ、だったな……」

ドラゴンが魔界ゲートに呑み込まれていく様を見届けた俺は、緊張の糸が切れて地面に膝をついてしまう。

あのドラゴンは一体何だったんだろうか。

最後、俺に向けてなんか言っていたし、ただの竜種という訳ではなさそうだが……

「っ、ここは……？」

っと、蘇生が完了したか。

目覚めた魔族の少女は、ゆっくりとした動作で首を動かして自分の体を確認したり周囲を見渡したりしている。

改めて見てみると、かなりの美人だな。

月明かりに照らされた金色の髪と、深紅の瞳。女性にしてはやや長身か。

しかし体は剣を扱う者とは思えないほど細く、表情はどこかはかなげな印象さえ覚えた。

「……あなたは、人間？」

「ああ、目覚めたか、魔族さんよ。俺の名はレイル。お前は？」

「レイル、レイルね。覚えたわ。わたしは……わたしは、フィルカ。よろしくね」

人間と魔族。

敵対する二種族が対面して「よろしく」とは、一体どういうつもりなのかと勘繰ってしまうが、彼女――フィルカからは敵対する意思が今のところ感じ取れない。

とりあえず話が通じそうな相手で良かった。

「一応聞いておくが、体の調子はどうだ？」

「体……不思議なくらい軽いわ。傷も塞がっている。あなたが治してくれたの？」

「……ああ、そうだ」

正確には一度殺してから蘇生したのだが、ちゃんと記憶が消えているのならわざわざ言う必要はない。

ついでに魔族を蘇生したのは初めてだったが、与える効果は人間と大して変わらないという情報が得られたな。

……まあ今後役に立つのかは知らないが。

「ありがとう。あなた、優しいのね」

「優しくはないぞ。割と真面目に」

優しい人はまだ生きている奴を殺して、無理矢理使役するなんてことはしないからな。

こんな事ばっかりやっていると、そのうち地獄に落とされるんじゃないか、と恐怖する事もある。

「そうなの……？　ところでここは、人間界？」

「そうだ。そのことについて何故魔族のフィルカがこんなところにいるのか、さっきのドラゴンは一体何なのかなどを詳しく聞かせてもらいたい。いいか？」

「ドラゴン……魔障竜のこと？　そう言えばさっきまでわたし、誰かと一緒に魔障竜と戦っていたような……」

この微妙に記憶が残る感じも人間と同じか。

自分が敵を倒したという記憶だけが残る仕様の能力とか、作った奴に悪意があるように思えてならない。

いや、それよりもあのドラゴンは魔障竜という名前だったのか。

普通のドラゴンとどう違うのかは非常に気になるところだ。

「とりあえず村に戻ろう。ついてきてくれ」

「村、村があるの？　わたし、行ってみたい」

「だから連れて行くって言っただろう……」

何と言うか、フィルカと話していると彼女が魔族だとはちっとも思えないな……

とはいえ角もしっかりあるし、肌の色も青紫。どう見ても魔族で間違いない。

まあ、害はなさそうだし村に入れても大丈夫だろう。多分。

◇　◇　◇

戻ったらドラゴンの火焔《かえん》で結界を貫かれて村が滅びていました——なんていう最悪な事態は起こっておらず、無事なままのルスフルの村に帰ってくることが出来た。

「わぁ……これが、人間たちが暮らす村なのね」

「そんなに珍しいものなのか？　魔界にだって村くらいあるだろう？」

「魔界にこんな小さな村はほとんどないわ。だってとても危ないもの」

「危ない……？　まあいいや、こっちだ」

俺はフィルカを連れて村の入口から中へと入っていく。

するとそれに気付いたのか、続々とこちらに村人たちがやってきた。

「レイル！　無事だったか！　あのドラゴンは!?」

「ああ、何とか追い返すことが出来たからもう安心してくれ」

俺のその一言を受けて、村人たちが安堵のため息を漏らす。

いくら頑強な結界の中にいるとはいえ、至る所から極大の火柱が上がる様を見ていたら、生きた心地がしなかった事だろう。

「そうか、良かった……ところでその子はさっきの魔族の子か？」

「ああ、とりあえず家で話を聞きたいんだが、いいか？」

「もちろんだ。さあ、こっちへ」

村人たちが解散して家に帰っていくのを見てから、俺たちはライル兄さんの先導で我が家へと向かっていった。

◇　◇　◇

「さて、いろいろ聞きたいことはあるが……まずは何故あんなところで倒れていたんだ？」

母さんが用意してくれた軽食が並べられたテーブルを囲み、早速俺はフィルカに質問を投げかけた。

人間五、魔族一という比率は傍《はた》から見れば尋問にしか見えないが、実際はそんな重々しい雰囲気ではなく、俺の家族はフィルカを歓迎しているようだ。

しかしまずは俺が彼女にいろいろ聞きたい、と言ったので、みんなは黙って聞いてくれている。

「えっと、どこから説明したらいいのかな……わたしは魔障竜――あのドラゴンと戦っていたの。それで致命傷を負って、とっさにアビスゲートを作って人間界に逃げてきたの」

「アビスゲート？」

「人間界と魔界を繋ぐ門のこと。魔界ではこのアビスストーンを使えば――あれ？　ない……？」

懐をごそごそと探り始めるフィルカだったが、どうやらお目当てのものは見つからなかった様子。

アビスゲートと言うのは、さっきまで俺が魔界ゲートと呼んでいたもので、間違いないだろう。

そしてフィルカの話から察するに、アビスストーンと言うのは、アビスゲートを造るために必要な道具という事になる。

「どこかで落としちゃったのかな……ごめんなさい」

「落としたんなら仕方ない。もしかしたらさっきの戦いでぶっ壊れたのかもしれないしな」

「そう、なのかな……」

「まあいい。それで、俺はさっきのところでお前が倒れているのを見つけ、その後に魔障竜とやらが空間を突き破って出てきたんだ。何とか魔界に送り返すことに成功したんだが、奴もそのアビスゲートとやらを造れるのか？」

「魔障竜を撃退⁉　一体どうやって……わたしたちが束になっても敵《かな》わなかったのに……」

「それは……まあ、後で話す」

「そう、分かったわ。それで魔障竜だけど、多分アビスゲートを造る力はないわ。わたしが造ったゲートを利用されただけだと思う」

「そうか、それなら安心だ」

せっかく魔界へと追い返したというのに、またこっちに来られたら今度こそお手上げだからな。

それを聞けただけでも一安心だ。

「しかし魔界には、あんな悍《おぞ》ましい生物が普通にいるものなのか？　あんなのがそこら中にいたら生活なんてできないと思うんだが」

「確かに魔界には強い魔物はいっぱいいるわ。でもあの魔障竜は別格。魔障から生まれた魔物の中では最強格と言っていいわ」

「ほう……ところでそもそも魔障とは何なんだ？　初めて聞いたんだが」

「魔障は……あらゆる生物を侵食して魔に落とす霧みたいなもののこと。魔物は魔障によって生まれるの。だからあのドラゴンも魔物に含まれるわ」

「なんだと……もしかして、魔物を倒すと変な霧が湧き出てくるが、それが魔障なのか？」

「そうね。そしてわたしたち魔族は今、その魔障に滅ぼされようとしているわ」

「っ‼」

フィルカの話によると、もともと魔界は魔障が極めて多い世界らしい。

魔族は魔障に多少の耐性があるけれど、大量に取り込めば死んでしまうのだとか。

しかし魔族は四体の神獣のおかげで魔障の脅威から守られており、その神獣の加護がある領域内で生活をしているのだという。

しかしある日、その神獣の内の一体の加護が消滅した。

「そのせいで東の領域にあったわたしたちが暮らしていた国——ヴァルファールは滅びたわ。大量の魔障と、そこから生まれた魔障竜を始めとする強力な魔物たちの手によって」

「そんな……」

思わずリィアがショックの声を漏らした。

しかしまさか魔界がそんな状況にあるとはな……今まで考えた事すらなかった。

「あれからもう、一年以上経ったわ。何とか生き延びることが出来たわたしは、消えた神獣の加護を追っていたの。そこで出会ったのが魔障竜」

「……なるほどな。大体理解した。魔族が何故、人間《おれたち》の世界に侵攻しようとしているのかもな」

「……そう。一部の過激な国は、四神獣の加護のバランスが崩れて力を増した魔障の脅威から逃れるために、人間界への侵攻を企《たくら》んだわ。日に日に危険度を増していく魔物とかの対処のせいで上手く行っていないみたいだけど……」

何故一気に侵攻せず、時々魔族をこの世界に送ってくるだけなのか疑問に思っていたが、そういう事か。

魔障による悪影響のせいで、なかなか大胆な行動を取れずにいた訳だな。

「わたしの話はこんな感じ。次はあなたたちの事を聞かせて？」

魔族も人間の世界同様、一枚岩ではないって事か。

フィルカはフィルカで、別の方法で魔族が救われる未来を模索しているという事だな。

他にも聞きたいことがない訳ではないが、一方的に質問してばかりでは悪いので、今度はこちらの事も話すことにした。

会話は夜遅くまで盛り上がり、一旦お開きとなった。

◇◇◇

そして翌日、俺は朝早くにフィルカに呼び出されて、家の外へと出る事となった。

「ねえ、レイル。あなた、強いのよね？」

「朝から急に何の用かと思ったら……まあ、強いぞ」

「ならお願い。わたしと一緒に魔界に来て。魔障竜と戦えるあなたなら、もしかしたら魔族を救うことが出来るかもしれない」

「おいおい、随分と壮大だな……」

……冗談なんかじゃない、本気だ、と言わんばかりの視線を向けてくるフィルカ。

俺が今日旅立つことを聞いて、出発する前に味方に引き入れておこうと思ったのだろう。

もう勇者パーティのメンバーですらなくなった俺は、世界平和のために尽力する必要なんてないんだが……

「……分かったよ。協力する」

「――！　ありがとう、レイル」

「ああ……」

言ってしまった。こうなったらもう引き返せない。

けれど目の前で美少女が笑みを浮かべているのを見ると、断らなくて良かったとは思えるかな。

ネクロマンサーは、真に頼れる味方がいてこそ真価を発揮する。

旅のお供に強力な仲間を手に入れることが出来たとポジティブに考えよう。

「それじゃあ、行くか」

俺の第二の冒険は、今度こそ本当に、世界を救う勇者になる物語なのかもしれないな。

そんな事を思いながら、俺はフィルカと共に歩き出した。

## 幕間　勇者、報告する

「なんてことをしてくれたのだッ!!」

ゼルディア王国、王城、玉座の間。

その主である当代国王ラスティ・リンド・ゼルディアが、側近の制止を振り切って、怒号と共に目の前に立つ少年の頬を勢いよく叩いた。

パシンッ、とよく響く音が広がり、そして一瞬にして場は静寂に包まれる。

「ち、父上!!　何故俺を叩くのです!?」

「この大バカ者が！　己が何をしたのか、もう一度その口で言ってみるがいい!!」

「で、ですから！　役立たずのネクロマンサー、レイルをパーティから外して、新メンバーを入れると——ふげっ!?」

今一度、少年——ラティルの頬を弾く音が響いた。

国王ラスティの顔はまさに怒り心頭と言った様子で、それを一旦落ち着けるためか、大きなため息を吐いて再び玉座に腰を下ろした。

「はぁ……彼には我が娘の命を救ってもらった大恩があるというのに……このバカ息子が……」

「何を言っているんです、父上！　ライラを救ってくれたのは流れの回復術師でしょう!?　確か名前はレイ——ん？　待てよ……」

「愚か者め！　魔物に襲われて致命傷を負ったライラを治療してくれたのは、この国に来たばかりのネクロマンサー、レイルだと言ったはずだぞ！」

「そ、そんな……レイルなんて名前、そこら中にあると思って……あんな奴が妹を救ったはずがないって……」

「……我が息子ながら呆《あき》れてモノも言えんわ。恩人に対する仕打ちとして最低なのは言うまでもないが、パーティの要《かなめ》たる回復蘇生役を失って、貴様らは今後どうやって魔族に対抗するというのだ。

言ってみろ」

「それはもちろん！　俺たちの圧倒的な力で魔族なんて蹴散らして——うっ……」

高らかに宣言しようとしたところで、父王の厳しい視線が向けられたことに気付いて、言葉に詰まる。

「で、でも父上。アイツの蘇生能力なんて本物なのか信用ならないし、そもそも俺たちは戦闘の際、一切傷を負う事なく敵を倒してきたんですよ……？」

「貴様……平民の能力なんて興味ないなどと言って、彼の蘇生実験を無断で欠席したのは誰だ！　わざわざ見せてもらう機会を設けたというのに見なかっただけでなく、あり得ないと疑っていたというのか⁉」

「そ、それは……」

「……もうよい！　彼を失ってしまった以上、お前たちには今まで以上の働きをしてもらう必要がある。くだらん女遊びをしている暇があったら己を鍛えるがいい‼」

「く、くだらんって！　あれは未来の王妃を決める大切な——」

「言い訳は聞きとうないわ‼　下がるがいい‼」

「はっ、はいっ‼」

王の一声を受けて、慌てて逃げるように玉座の間を去っていくラティル。

愚息のあまりにも情けないさまを見送った国王は、今一度大きなため息を吐いた。

まさかこんな報告を受けるとは夢にも思っていなかったので、今後どういった対応をすべきなのかを考えると、頭が痛くなってくる。

「……右大臣」

「はっ」

「すぐに彼の、レイルの行方を追ってくれ」

「承知いたしました。すぐにネクロマンサー、レイル殿の行き先を追わせます」

「うむ、頼んだぞ」

彼はきっと、怒っているに違いない。

こちらの勝手な都合で無理矢理追い出した以上、帰ってきてくれとは言い難いが、せめて正式に謝罪はすべきであろう。

我が子の失態は己の責任でもある。

その責任を取るためにも、何としてもレイルを見つけ出さなければ、と思う国王であった。

## 十話　ネクロマンサー、隣町に到着する

ルスフルの村から一番近い隣町。

名をゼルドと言い、冒険者や商人で賑わう活気に満ちた明るい町だ。

この世界の町や村は隣接しておらず、別の場所に移動するには魔物の領域と呼ばれる場所を通る

しかない。

町及び村を護る結界の効果範囲などの関係もあるが、一番の理由は、想定外の大規模な魔物襲来時に、全ての町・村が纏めて滅ぼされるのを阻止するためである。

このおかげで仮に一つの町が潰されても、次の町が襲撃されるまで時間を稼ぐことが出来るという訳だ。

冒険者はただの旅人ではなく、危険な魔物狩りを生業《なりわい》とした立派な職業であり、魔物の領域を通過して別の町へと移動する商人の護衛を引き受けるのも、彼らの仕事の一つだ。

さて、そんなゼルドの町に到着した俺とフィルカ。

魔族である彼女の姿を大衆に晒すわけにもいかないので、とりあえず彼女には家族からもらったフード付きのローブを着せている。

町の入口に立っていた警備員には、道中で魔物に襲われて顔に酷い傷を負った、という大嘘を信じてもらって、とりあえず中に入ることに成功した。

角だけだったら大きな帽子で隠せたんだが、青紫色の皮膚だけはどうにもならないのでこうするしかない。

「ふぅ。ザル警備で助かった。どうしてもダメだったら最悪一回死んでもらって記憶を飛ばすという手も考えていたが……」

「レイル……あなた、きっといつか罰が当たるわ」

「まあそれは冗談だが『はい、彼女は魔族です。通してください』なんて正直に打ち明けて通してくれるバカがいるなら、俺は見てみたいぞ」

「それは……まあ」

「頼むから人前で、その正体をバラすなんて真似は、絶対にしてくれるなよ？　バレたら俺もお前も、ちょっと怪しい奴らから人類の敵にグレードアップする羽目になる」

「分かっているわ。気を付ける」

それならいい、と返しつつ、俺とフィルカはなるべく目立たないように町を歩いていく。

魔族のフィルカと共に行動すると、いろいろと制限がかかってやりにくいのだが、これから旅をするにあたって必要な道具を買い揃える必要があるので、仕方なく町に寄ったのだ。

フィルカも人間の町が見てみたいとテンションを上げていたしな。

「それで、もう一度確認するが、アビスゲートを造るためのアビスストーンは、ダンジョンの最下層にあるんだな？」

「そう。あっちの方角に濃い魔障を感じるから、多分、そこ」

「……やっぱ変わらねえか。そっちの方角にあるのは王都リィンディアだ。お前が言うそのダンジョンは『グランドーラ』で間違いないだろうな」

そう。ゼルディア王国最大都市である王都リィンディアには、未だ完全攻略者が存在しない超巨大ダンジョン・グランドーラがある。

ダンジョンと言うのは地下で階層状に広がる魔物の巣窟《そうくつ》だ。

別にお宝が置いてある訳ではないし、魔物がダンジョンから出てくることはないので好んで潜る奴はあまりいないが、己を鍛えたり名誉を求めたりする人が挑んだりすることがある。

一番奥には何があるのかと思ったら、魔界への入口があったんだな。

「人間界と、魔界は裏表。ダンジョンはその二つの世界を繋げる神の遺物……って話を聞いた事があるわ」

「へぇ……とにかく俺はまた王都に行かなければならないって訳か」

正直全く気が乗らないんだがな。

恐らく来るであろう追手から逃れるために王都を急いで出てきたのに、翌日すぐ戻るなんて、意味がないにもほどがあるというもの。

とはいえフィルカに協力すると言った手前、今更嫌だとは言いたくない。

仕方、ないか。

「ダンジョンに挑むなら、二人じゃ心もとないな。もう少し味方が欲しい」

「……当てがあるの？」

「……あると言えば、ある。ついでにそいつならばお前の見た目を人間と同じものに変えることが出来るかもしれない」

「そんな事、できるの？」

「まあ、無理ではない……と思う。ただアイツは……」

「だったら決定ね。その王都リィンディア？　に行きましょう」

「……そうだな」

いろいろ思うところはあるが、今はひとまず旅に必要なモノを買い揃えるとしよう。

後の事は後で考えればいい。人はそれを現実逃避って言うんだろうけどな……

「あっ、レイル。あれは何？」

「ん、あれは屋台だが……」

あれこれ考えていたら、どうやらフィルカは串に刺した肉を焼いている屋台に興味を示したらしい。

フードから顔が出ないように手で押さえながらも、足を止めて視線はそちらに釘付けになっている。

「……買うか？」

「……いいの？」

「ああ。ちょっと待っていろ」

ちょうど俺も腹減っていたしな、と言って、俺は一人で屋台の主に声をかけた。

この先いろいろな屋台に興味を持って、ぼろを出されても面倒だから、最初に買ってやって満足させるのが一番いい……はずだ。

「ほら、熱いから気を付けろよ」

「ん……ありがとう、レイル――あつっ！」

「ったく、言った傍《そば》から……」

「こういうの食べるの、初めてだから……」

「そうかい」

フーフーと息を吹きかけて肉を冷ます様は、とても人類の敵として恐れられている魔族には見えない。

生まれ持った能力に差はあれど、人間と魔族の本質はそんなに変わらないのかもしれないな。

そんな事を思いながら、俺も口に肉を放り込みつつ適当な店を探すために歩き始めた。

## 十一話　ネクロマンサー、王都に戻る

王都リィンディア。

ゼルドの町を出発してから二日ほどが経ち、俺とフィルカの二人は王都南門の警備もなんとか突破して、王都の中に入ることに成功していた。

ここは全面を城壁で囲んだ城郭都市であり、四方に出入り用の巨大な門が設置されている。

そしてそれを基準に東区・西区・南区・北区、そして中央区の五つに分け、それぞれが異なる特徴を持つ街づくりとなっている。

俺たちはそのうちの南区を歩いていた。

「人がいっぱいいね。とても活気があるわ」

「そりゃあゼルディア王国最大の都市だからな。特にこの南区は別名、商業区とも言われているか

ら人の往来が他よりも多い」

「わたしの国も、こんな風に活気溢れる国だったわ。交易が盛んで、いろんなお店があって……」

「……そうか。さぞ憎いだろうな、魔障と、そして魔障竜が」

俺がそう言うと、フィルカは下を向いて黙ってしまった。

返答を誤ったか。それともただ、言葉が出てこないだけなのか。

しばらく待っているとフィルカは顔を上げて、こう言った。

「……憎くないと言えば、嘘になるわ。わたしはあの国が、きっと大好きだったから」

「……そうか」

自分が生まれ育った大切な国を滅ぼした相手が、憎くない訳がない。

復讐心に取りつかれても誰も笑う事などできやしないだろう。

しかしフィルカは「でも」と、復讐よりも何か強い意志を秘めた深紅の瞳で、俺の目を真っすぐ見つめた。

「このままだと、全てが最悪の未来に向かってしまう。魔族が魔障に滅ぼされるのが先か。強硬手段に出た魔王が人間界を制圧してしまうのが先か。あるいは別の、もっと悪い未来か……」

だからわたしが、変えないと。

一切曇りのない表情で、フィルカはそう言ってのけた。

誰かに命令された訳でも、頼まれた訳でもないのに。

それこそ、勝手に『勇者パーティ』なんて称号を背負わされて力を与えられた訳でもないのに。

彼女は魔族も人間もひっくるめて全てを救うために自分が動くと、躊躇《ためら》いなくそう言ったのだ。

「……なんだよ。お前の方が勇者なんかよりもよっぽど勇者してるじゃねえか」

「……え？」

「こっちの話だ。気にするな」

生まれ持った地位と与えられた力に自惚《うぬぼ》れて、人々を救った気になって自分に酔っているどこぞのバカ勇者とは大違いだ。

他二人も同じようなもんだし、俺だって追放されたその瞬間に、役目を放棄する程度の思いしか持っていなかった。

言いすぎになるかもしれないが、やはり何か重く暗いエピソードを背負っている奴の考え方は違うな、としみじみ思えてくる。

「……ところで、今わたしたちはどこへ向かっているの？」

「知り合いの錬金術師の家だ。変な奴だが口は堅いし、一応信用できるから安心しろ」

「錬金術師……」

「ああ。もうしばらく歩くが、我慢してくれ」

「わたしは大丈夫よ」

それならいい、と返して、俺たちはなるべく人が少ない場所を選びながら進んでいく。

◇　◇　◇

「ここだ」

しばらく歩き、場所は王都リィンディア、西区の外れへ。

そこには、周りの家々からだいぶ浮いた小さな小屋があった。

とても人が暮らせるようには見えないくらいの小ささに、フィルカは不思議そうな顔をしている。

「ここ……？　ここに人が住んでいるの？」

「ああ、まあ中に入れば分かる」

「ん……」

俺は懐から鍵を一つ取り出す。

これは奴が、いつでも好きな時に入ってくれと渡してくれた合鍵だ。

それを使って小屋の鍵を開け、フィルカを連れて中に入った。

「何も、ない？」

「いや、ちゃんとあるぞ」

「……？　あっ、これのこと？」

フィルカは視線を下に落とし、そこにあった鉄製の四角い扉のようなモノに目を付ける。

それを開けると、地下へと通じる梯子《はしご》が姿を現した。

「さあ、行くぞ」

「え、ええ……」

若干困惑している様子だったが、俺が先に降りると、後を追って下りてきたのが見えた。

やや暗いが、何も見えないほどではない。

そして結構な高さがあった梯子《はしご》を下りきると、そこにあったのは綺麗に削られた石の壁だった。

俺はその横の壁に埋め込まれた赤色に光る水晶球に手を伸ばし、しばらく待つ。

すると赤色だった光が青色に変わり、その直後、壁が二つに割れてゆっくりとスライドしながら開いていく。

巨大な石扉が開くにつれ中から漏れてくる明るい光が目に刺さるが、それもすぐに慣れ、やがて奥にあるものが見えてくる。

「わぁ……」

「さあ、到着したぞ。これがアイツの地下研究室だ」

フィルカは驚きと戸惑いが混ざったような表情で、奥に広がる研究室を眺めていた。

# 十二話　ネクロマンサー、友人と再会する

「お久しぶりですね！　レイルさん！」

地下研究所の中へと入っていくと、桃色の髪をショートで切り揃えた快活そうな少女が姿を現した。

小柄な体系も合わさって、人形のような可愛らしさがある少女の服装は、貴族の使用人が着るような服――要はメイド服であり、その手には既に湯飲みが乗せられたお盆が用意されていた。

「ああ、久しぶりだな、ミルア。お邪魔するぞ」

「はい！　大したおもてなしはできませんが、ゆっくりしていってください！　ところでそっちのフードの方はレイルさんのお友達ですか？」

「まあ、な。ちょっと訳アリなんだが、それは後で説明する。それで早速だが、ミストはどこだ？」

「なるほど、分かりました。あと兄さんなら奥で寝ていますよ！　もし必要なら起こしてきましょうか？」

「寝ているって、今何時だと思っているんだか……まあいい。悪いが頼んでもいいか？」

「はーい！　それじゃあレイルさんたちは適当に座って待っていてください！」

「ああ、ありがとう」

そうしてミルアは、円形のテーブルの上にお茶のセットを置いてから、奥の部屋へと向かっていった。

太陽が空の頂に昇っている真っ昼間に、地下の研究室に引きこもって寝ているなど、本当にアイツらしい。

「……ねえ、レイル。さっきの女の子が、錬金術師？」

「いや、アイツは錬金術師の双子の妹だ。名前はさっきも言ったがミルア。年は俺の二つ下だから……十七だったかな」

「ミルアね。覚えたわ。とってもいい子そう」

「まあ、な」

実際、相当優秀でいい子なのは間違いない。

何せ変わり者で、生活能力が皆無な兄ミストの助手を名乗って、家事全般はもちろん、こうした来客の相手から仕事の取引までこなすからな。

現に奴だけなら散らかり放題になっているであろう研究室内部も、ミルアのおかげで埃《ほこり》一つ見当たらず清潔さが保たれている。

初めて彼女を知った人たちは、きっと彼女の事を完璧少女と呼ぶ事だろう。

「せっかくだし、お茶飲みながら戻ってくるのを待つとするか」

「そうね。ところでこのフード、まだとっちゃダメ？」

「一応まだつけておいてくれ。後で外してもらう事にはなるだろうけどな」

「ん、分かったわ」

茶を啜《すす》りながら、ミルアたちを待っていたのだが……なかなか戻ってこないな。

ミストを起こすだけなのにどれだけ時間がかかっているんだか。

急《せ》かすのは少々気が退《ひ》けたが、ちょっと様子を窺うべくドアをノックしてみる。

「ミルア、いるか？　……返事がないな」

「そうね。どうしたのかしら」

「さぁ……悪いがちょっと入らせてもらうか。何かあったのかもしれないしな」

ドアに耳を当ててみると、かすかにミルアと思《おぼ》しき声が聞こえてくるので、この中にいるのは間違いないだろう。

しかし一体何をしているのだろうか。

俺はゆっくりとドアノブへと手を伸ばし、捻《ひね》る。

するとそこでは――

「えへへ……兄さんの寝顔、かわいいなぁ……あっ、でも早く起こさないとレイルさんたちが待ってる……うぅ～でもぉ……」

「何をやっているんだ、お前は……」

さっきまでのしっかり者ぶりはどこへやら。

その表情は甘く蕩《とろ》け、尊いものを扱うような手つきですやすやと眠る少年《ミスト》の緑髪を撫《な》でながら、ブツブツと何かを言っている。

そして一瞬正気に戻ったかと思えば、すぐに元に戻る。

さっきからその繰り返しだ。

「レイル。これは一体……？」

「あぁ……見ての通りミルアは極度のブラコンなんだ。その気になれば、もっといいところで働けるにもかかわらず、こんなところで兄のミストの世話をしているのは――」

「大好きだから？」

「そうだ」

ウチのライル兄さんなんかとは比べ物にならない、本物のブラコン妹——それがミルアという少女だ。

兄のためならどんなことでもやると公言しており、実際の態度にもそれが表れているのは分かっていたが、寝顔を楽しむ趣味まであったとはな。

一瞬幼い少女と見まがうほど中性的で穏やかな寝顔を晒しているミストは、まさか隣で破顔した自分の妹に頭を撫でられているとは思うまい。

まあ確かに男には一切興味がない俺でも、一瞬天使と見まがうほどの美しさがミストにあるというのは分かる。

とはいえドアが開けられ声をかけられても気付かないほど夢中になるのはどうかと思う。

「んみゅ……んん……」

「うぅ～やっぱり無理だよぉ……こんなに気持ちよさそうに寝ているのにぃ……」

「……おーい！　ミルアー！」

「へっ、あっ、ひゃいっ⁉」

俺がやや語気を強めて話しかけると、ようやく耳に届いたのかミルアが反応した。

「れっ、レイルさんっ！　いつの間に入ってきてたんですかっ⁉　あっ……」

「んぅ……うる、さいなぁ……」

大声で目が覚めたのか、布団の中をもぞもぞと動き始めるミスト。

やがて起き上がり、大きなあくびをしてから目をこすり始めた。

「随分起こすのに時間がかかっていたようだから、悪いが勝手に入らせてもらった。一応ノックもしたし声もかけたんだがな」

「うっ、ご、ごめんなさい。って言う事はさっきのアレも……」

「ああ、まあ、なんだ。人の趣味に関してどうこう言うつもりはないが、ほどほどにな」

「あうぅ……すみません……」

先ほどまでの自分の様子を思い出したのか、顔を真っ赤にしながらうつむいてしまうミルア。

そしてその様子を、不思議そうな目で見下ろすミストだったが、やがてベッドから出てきて立ち上がった。

「ふあぁ……僕の部屋で何をやっているんだ、キミたちは……」

「おはよう、ミスト。よく眠っていたな」

「ん……レイル？　どうしたんだ、こんな時間に」

「こんな時間に、って今外は真昼間だぞ。急に起こしたのは悪いが、とりあえず身支度を整えてくれ」

「んー。ミルアー、お願いー」

「はっ、はい！　すぐに着替えとか持ってきます！　あとレイルさんっ！」

「なんだ？」

未だに頬が若干赤いミルアは、人差し指を唇に当ててアイコンタクトを取ってきた。

恐らくミストの寝顔を楽しんでいた事を黙っていてくれ、という意味だろう。

俺は無言で頷く事でその返事とし、それを見たミルアは一安心と言った様子で動き始めた。

◇　◇　◇

「やあやあ、お待たせしたね。さっきは驚いたよ。目が覚めたらミルアだけじゃなくてレイルと、そこのフードのよく分からない人が騒いでいたんだから」

先ほどまでとは一転して白衣姿に着替えたミストは、ミルアの用意した甘そうなジュースを一気飲みしてから話しかけてきた。

「よく分からない人って……まあ、騒がしくしたのは謝る」

「で、この天才錬金術師ミストに何の用だい？　確か噂によるとキミ、勇者パーティから外されたらしいけど、ひょっとしてここで働かせてくださいって、お願いに来たのかな？」

「ん、まあ、いろいろあってな。追放されたのは事実だし、本当は王都に戻ってくる気もなかった」

「ふーん……キミの場合、実力不足って事はないだろうから、あのバカ勇者くんが何かやらかしたのかな？」

「まあ、そんなところだ」

仮にも一国の王子で勇者でもあるラティルをバカ呼ばわりしても、誰一人として突っ込もうとしないあたり、奴の人望のなさがよく分かる。

ミルアでさえ苦笑いしつつも、否定はしていないのだから。

「で、そこの人は一体何なのさ。何と言うかただならぬ気配を感じるけど」

「そうだな。よし、フィルカ。フードを取ってくれ」

「ん、分かったわ」

そう言ってフィルカは頭部に手を伸ばし、フードを脱いでいく。

そして晒される二本の角と青紫色の肌を持つ、美しい魔族の素顔。

「えっ、ええっ⁉」

「へえ……」

フィルカの姿を見たミルアは驚きを、一方のミストは興味を示した。

流石《さすが》はミスト。この程度で取り乱したりはしないか。

隅から隅まで観察するようにその目を俊敏《しゅんびん》に動かし、やがて満足したのかこちらに向けて口を開いた。

「なるほどね。この娘はキミの新しいコレかい？」

そう言って小指を立てる仕草を見せるミスト。

その意味は、「フィルカはレイルの恋人なんだね？」という問いだ。

ただフィルカにはその意味が全く伝わっていないらしく、頭上に疑問符を浮かべている。

「バカ、お前、そんな冗談の前に言うべきことがあるだろうが」

「はは、ごめんごめん。しかしまさかキミが、魔族を連れてきていたなんて思わなかったよ。で、名前はなんていうんだい？」

「フィルカよ」

「フィルカ、か。いい名前だね。気に入ったよ。で、レイルはこんなかわいい魔族の女の子を僕の被検体としてプレゼントしてくれるってワケ？　いやあ、いい心がけだねえ」

「被検体……？」

「あぁ、悪く思うな、フィルカ。こういう奴なんだ。言っておくがもちろんそんな目的でフィルカを連れてきたわけじゃないからな」

「えー……魔族なんてめったに出会えないから、すっごく興味あったのになぁ。まあ別にいいけどさぁ……」

割と真剣に残念そうな表情をするミストを見て「ふふっ。面白い人ね」と笑うフィルカ。

肝が据わっているのか、ただ単に状況を理解していないのか分からない。

「え、えっとその、フィルカさんはどうしてレイルさんと一緒に行動しているんですか？」

「それは……」

「そうだな。とりあえずここに来るまでにあった事を簡潔に説明しておこう」

俺はパーティを追放されて村に帰ってから、魔障竜と戦いフィルカと協力関係を結んだこと。

これから魔界へ赴くためにダンジョンに挑むこと。

そのダンジョン攻略のために仲間を探している事を包み隠さず話した。

「なるほどね……状況は大体理解したよ」

「で、協力してもらえるか？」

「当然じゃないか！　魔界なんて未知なる領域に行ける一世一代の大チャンスをこの僕が逃すと思

うかい？」

「いや、思わないからこそ俺はここに来た。お前ならきっとそう言うだろうなと信じていた」

「よし！　決まりだね！　早速出発しよう！」

「待て待て待て。気が早すぎる。いろいろと準備が必要だろうが。行くのはまた後日だ」

「ちぇっ、仕方ないなぁ。じゃあ三日だけ待ってあげるから、早く準備してよね」

なんで俺が悪い事をしているみたいな感じになっているんだ……

まあとりあえずこれで仲間一人目の獲得に成功した訳だが、俺は次にミルアへと視線を向けると、彼女は頷いた。

「分かっていますよ、レイルさん。兄さんが行くなら、もちろん私も一緒ですね」

「ああ、助かる。正直ミストよりミルアの方が欲しかったからな」

「ちょっ、それは聞き捨てならないんだけど!?」

「悪い悪い。冗談だ。だがまあ、いろいろできて戦力にもなるミルアは頼りになるからな」

「えへへ、褒められても何も出ませんよ？　……あと、私より兄さんの方が、絶対に必要な存在だと思います」

「うっ……わ、悪かったって……」

「分かっていただければいいんです」

ミルアの若干殺気すらこもっていそうな鋭い睨《にら》みにビビりつつも、これで計四人にする事に成功したことで一安心だ。

# 十三話　ネクロマンサー、錬金術師にお願いする

「それでだな。早速ミストに頼みたいことがあるんだが」

「ほう。それはこの天才錬金術師ミストでなければ頼めない依頼かい？」

「ああ、もちろんだ。こんなことはお前にしか頼れない」

「くくっ、そうかそうか。結局僕の力もちゃんと必要なんじゃないか。さあ、何でも言ってみるといい！」

調子に乗った顔が若干腹立たしいが、俺がミストを頼る意思を示すことでミストも――ついでにミルアの方も機嫌を直してくれた様子。

まあもともと本気で怒ってはいなかっただろうけどな。

「まあ一言でいうならば、人間界にいる間、このフィルカの姿を人間と同じものに変えてほしいって頼みだ。万が一外を出歩いている時に魔族だとバレると非常に厄介だからな」

「そうね。それにフードは鬱陶《うっとう》しくて、あんまり好きじゃないわ」

「ふむ……まあ考えられる手段はとりあえず二つだね。一つ目は魔道具でガワを作って、見た目だけ誤魔化《ごまか》す方法。二つ目が別の人間の体に魂を移して転生させる方法。僕としては二番目を試してみたいかな」

「一つ目はともかく二つ目はどうやってやるんだよ。そんなことできる道具でもあるのか？」

「そんなのもちろん、キミの能力に決まっているじゃないか。キミなら魂を移動させるくらい簡単だろう？」

……やっぱりか。コイツは前から俺の持つネクロマンサーの能力に強い興味を持っていた。

きっとこれを機に、あれこれ実験して試してみようという魂胆《こんたん》に違いない。

だが、それよりももっと大きな問題がある。

「あのなぁ。俺が出来るのは、肉体から離れた魂の限定的な操作だけだ。実行に移すにはフィルカには一回死んでもらわなければいけないし、しかも別の肉体で蘇生させるなんて成功すると思っているのか？」

「だからそれを試すんじゃないか。僕としても非常に興味深い実験になると思うんだけどね。最悪ネクロマンサーの力があれば、万が一失敗してもなんとかなるだろうし」

「お前の倫理観は一体どうなっているんだよ……」

「ふっ、キミに倫理観を説かれる筋合いはないいなぁ」

「くっ……」

そう言われると否定はできねえ。

俺も幾度となく人の死に触れ、天の意思に反して蘇生させた上で、無理矢理使役して戦わせるなんて言う極悪行為を繰り返すうちに、倫理観が崩壊しつつあるのは自覚している。

ミストもまた、囚人なんかを使った国の裏実験とかに関与する事も珍しくないせいか、いろいろと思考が歪《ゆが》んでいるのは、間違いない。

そもそも俺が最初にコイツと出会ったのは秘密裏に行われた蘇生能力の実験の時だからな。

「レイル……わたし、一度死ぬの？」

「いや、やらないから安心しろ。仮に成功したとしても元の魔族の姿に戻す際、もう一度やらなきゃいけなくなるし、絶対ナシだ」

「そう……レイルの能力を信用しない訳じゃないけれど、死ぬのは流石に嫌だわ。この体に戻れないのも困るわ」

「当然だ」

フィルカにはここに来るまでの間で、俺の職業《ジョブ》であるネクロマンサーの能力の詳細を話しておいてある。

これから共に戦うというのに、お互いの戦闘スタイルを知らないと言うのは問題があるからな。

ちなみに死魂共有《ネクロリンク》で魔導剣姫であるフィルカの情報は得ているが、一応本人の口からも説明を受けておいた。

「まあ、無理にやるつもりは僕にもないよ。でもさ、そういう話ならとりあえず一度二人に見てほしいものがあるんだよね。ミルア、アレを持ってきてくれる？」

「えっ……あ、アレを、見せるんですか……？」

「そうだけど、マズいかな？」

「い、いえ！　兄さんがそう言うのならば持ってきます……」

そう言ってミルアは、さっきとは別の扉の奥の方へ小走りで消えていった。

何やら様子がおかしかったが、何かマズい事でもあるのだろうか。

「……？　何を見せる気だ？」

「そう身構えなくたって、別にヤバいもんじゃないから大丈夫だよ。でもこれで僕がわざわざキミの力を借りて転生させようなんて提案をしたのか分かるハズさ」

よく分からないが、ミストがそう言うのなら待つとしよう。

果たして何を見せられるのか。

どうせロクなモノじゃないんだろうなぁ、なんて思っていると、ガタガタと音を立てながらこっちに向かって何かがやってくる。

「も、持ってきました……」

ミルアが運んできたのは可動式の細長いベッドのようなもので、その上には人と思しきものが寝かされている。

他にも誰か来客があったのか。珍しいな。そう思っていたのだが――

「ミルアが、二人……？」

運び込まれてきたそれを見ると、桃色の髪に可愛らしい顔立ちの少女――どこからどう見てもミルアそのものだった。

「人形か？」

「チッチッチッ。そんなつまらないものをわざわざ僕が見せるわけないじゃないか。これは正真正銘の――人間の肉体だよっ!!」

「ああっ!!　とっちゃダメですぅ!!」

立ち上がったミストが、ミルアの顔をした人形のようなモノの体にかぶせてあった白い布を勢いよく取っ払ってしまう。

そして晒される一糸纏わぬミルア（？）の白い肌。

「なっ、ちょっ、おまっ――」

あぁ、なるほど……そういう事か……

ミルアが持ってくる際に嫌がった理由がこれか。

それは横で真っ赤になった顔を覆っているミルアと、体つきがあまりによく似ていた。

局部こそ存在しないものの、その再現度は凄まじく――

「あぁぁぁぁ、あ、あんまり見ないでくださいぃぃぃ……」

「わ、悪い！　おい、ミスト、貸せっ！」

「うおっと」

俺はミストから白布を奪い取り、急いでその体を覆い隠した。

俺もあまりに突然の出来事で頭が混乱していたが、ひとまず落ち着いた。

まさかこんなものを見せられるとは夢にも思わなかったぞ……

だが正直嫌だったかと問われたら、首を横に振ってしまうであろう己の性《さが》がなんとも情けない。

「ああ、悪かったね、ミルア。ついにこれを他人にお披露目できると思うと興奮してしまってさ」

「あうぅ……や、やっぱり別のモデルさんにお願いした方が絶対良かったですぅ……」

「仕方ないじゃないか。僕の実験に快く協力してくれる人なんて、ミルアしかいないんだからさ」

「それはまあ、そうですけどぉ……」

何と言うか、気まずい。ものすごく気まずい。

こういう時どうやって声をかけるべきなのかが分からない。

フィルカも若干戸惑っている様子だし、向こうから話しかけてくるまで待つか……

そしてミストがわざとらしく咳《せき》ばらいをして、流れを変えた。

「……とまあ、見ての通り、人間に限りなく近い肉体を造り出すことに成功したんだ。肉体の機能はほぼそのままに再現してあるが、ただ一つ、生殖機能だけは再現できていない。そんな感じかな」

「なんでまた、こんなものを造ろうとしたんだよ」

「今はまだ動かないけれど、いずれこれに魂の代わりになるモノを入れて、自立して動くように仕上げたいと思っているんだ。そうすれば人手が増えるし、いろいろとやりやすくなるだろう？　ミルアはよくやってくれているけど、やはり一人だと負担が大きいだろうからね」

ここで誰かを雇った方が早いんじゃないか？　と聞くのは野暮だろう。

雇ったところで実態を知ればきっとすぐ辞めていくし、ミストとしても自分の手足のように使える人材を求めるだろうからな。

「そして何より！　キミのネクロマンサーとしての力を使えば、この肉体に魂を与えてやることが出来るんじゃないかって考えた訳だよ！　つまりそこのフィルカと全く同じ肉体を創り出して、そこに魂を移動させるって訳さ」

「理解したわ。やるのはちょっと嫌だけど、なんか面白そう」

「そうだろう？　それに寿命で死ぬ前に身体を交換すれば、さらに長生きできるかもしれないし、己の容姿が気に入らない人に新たな肉体を与えてやることもできるかもしれない！」

両手を広げて高らかに演説するミスト。

流石は激レアである大錬金術師の職業《ジョブ》を持つ男だ。

当人の能力の高さも相まって、こんなものを創り出すまでに至っているとはな。

フィルカの方もそれなりに興味を示しているようで、許可をもらって偽ミルアの顔に手を触れたりしている。

「どうだい、レイル。キミも少しは興味が出てきたんじゃないか？」

「まあ、興味がないと言えば嘘になる。だがお前、根本的な事を忘れているだろ。人間界にいる間、フィルカの見た目を誤魔化せればそれでいいんだ。だから一つ目の方法で頼む」

「あっ……そう言えばそうだったね。よし、じゃあ見た目を誤魔化せる魔道具を用意するよ。確か前に作った奴があるだろうしね」

「最初からそうしてくれれば助かったんだがな」

「はは、ごめんごめん」

そう言って今度はミスト本人が別の部屋へと消えていった。

◇　◇　◇

「……どう？」

「ああ、どこからどう見ても人間そのものだ」

しばらくして、ミストが持ってきたブローチのような魔道具を取り付けたフィルカが、その姿を俺たちに見せた。

見た目はほぼそのままにしつつも、肌の色は白くなり角もしっかりと消えている。

これは文句の付けようがない。

「当然だろう。何せこの僕が作ったお手製の魔道具なんだからね」

「ああ、助かったぞ、ミスト。これでフィルカが町で普通に歩いても大丈夫になった」

「ふふっ、我が友の頼みともあれば、このくらい造作もないさ」

また調子に乗った態度を取り始めたが、まあ好きにさせておこう。

これで見た目の問題も解決。今のところ順調に進んでいるようで何よりだ。

## 十四話　ネクロマンサー、思考する

王都リィンディアに戻ってきてから三日が経過した。

その間俺はミストの地下研究所にずっと引きこもって、ダンジョンに挑む準備や奴の研究実験の手伝いなんかをしていた。

あまり迂闊《うかつ》に外を出歩くと、王国関係者に見つかって呼び出されてしまう可能性があったので、こうするのが最善だったはずだ。

一方で仮とはいえ人間の姿を手に入れたフィルカは、ミルアの付き添《そ》いで王都観光を楽しんでいたらしい。

同性同士だと打ち解けやすいのか、今ではすっかり仲良くなっている様子。

自由に外を出歩ける二人には、これからの活動で必要になってくるであろうモノの調達なんかをお願いしたりしていた。

そしてついに明日、俺たちは魔界に向けて出発する事となった。

「くくっ、いよいよだね。あぁ、今から興奮が止まらないな」

「落ち着けよ、ミスト。魔界に行くには、その前にダンジョンを突破しなければいけないんだぞ」

「それはキミたちにお任せさ。生憎《あいにく》と、僕は戦えないんでね。ちゃんと僕を魔界に連れて行ってくれよ？」

「言われなくてもそうするっての……」

三日も引きこもり生活を送っていたせいで、若干精神的に疲れていた俺だが、同じ生活を送っていたミストの方は万全の状態と言った感じだ。

やはり普段からこんな生活をしている奴は身も心も慣れているな、と痛感した。

そしてミルアが俺たちの目的を再確認するように口を開いた。

「ダンジョン・グランドーラ。私たちが目指すのは、その最深部にある魔界への入口……でしたよね？」

「ああ、そうだ。そこに、人間界と魔界を繋ぐ鍵であるアビスストーンがあるんだよな、フィルカ？」

「ええ。わたしはダンジョンに挑んで、その最上階でアビスストーンを手に入れたわ。今、人間界に攻め入っている国も、ダンジョンで同じものを手に入れているはず」

「そうか……しかし、不思議だな」

「……？　どうしたの？」

「いや、魔族たちが魔界のダンジョンをそんなあっさり攻略できるなら、何故今まで人間界に来ようとした魔族がいなかったのか疑問に思ってな」

「それは――」

そう。いくら神獣の加護があるとはいえ、フィルカの話を聞く限り、魔界は暮らしていくには厳しい環境にある。

だったら新天地を求めて人間界へ来ようとする魔族が、もっといてもおかしくはない。

魔界のダンジョンの攻略難易度は知らないが、ここ最近になって魔族の力が跳ね上がって攻略できるようになったなんて事は考えにくい。

そんなふうに思考を巡らせていると、

「実は、魔界のダンジョンが生まれたのはつい最近のことよ。それまでは魔界のどこにもダンジョンやアビスゲートなんてものはなかったわ」

「なんだと……？　それは一体いつ頃からだ？」

「そうね……確か一年くらい前、だったと思うわ」

「っ!!」

フィルカの話を聞いた俺の頭によぎる、ある考え。

それはあくまで仮説に過ぎない。

だが、核心を突いているかもしれない。

俺はミストの方を見る。

すると彼は、無言で頷いた。

ミストは俺の何倍も頭がいいから、恐らく俺とフィルカが前に与えた情報も含めて、とっくに整理して纏めているに違いない。

「どうしたの？　レイル」

「……いや、何でもない」

「そう。ならいいわ」

言ってしまおうかと迷ったけれど、ここはとりあえずやめておくことにした。

憶測で不安を煽るのは良くないと判断したからだ。

だが多分、俺とミストの考えは一致している事だろう。

そう。

それ即《すなわ》ち、今まで魔界にはダンジョンがなかったのではなく、神獣によって隠されていたのではないか、という事だ。

これならば神獣がいなくなってすぐに、今まで誰も見つけられなかったダンジョンが発見されたということの辻褄《つじつま》が合うというもの。

以前フィルカは言っていた。

人間界と魔界は裏表。ダンジョンはその二つの世界を繋ぐ神の遺物だと。

ならば人間界にはずっと昔からあるはずのダンジョンが、魔界にはなかったと言うのは随分変な話だ。

そもそもの問題として世界は何故、人間界と魔界の二つに分かれている？

それらは何故、ダンジョンなどと言うモノによって繋がれているのか。

そして神獣とは本当に魔族の守護者たる存在なのか？

……ダメだ。頭がごちゃごちゃしてきた。

次から次へと疑問が湧き出てきて止まらない。

一度考え出すとキリがないな……

「どうしたの、レイル？　なんだかボーっとしているけど」

「え、ああ。悪い。ちょっと考え事をしていたんだ」

「そう」

「レイル、今は考えるだけ、無駄じゃないかい？　今考えたところで、何かが解決する訳じゃあないだろう？」

「ミスト……そうだな。今はとりあえず目の前の事に集中すべきか」

ミストの言う通り、いろいろ考えるのは、もっと情報が揃ってからでもいい。

今は明日から始まる、魔界に向けた長旅に備えるべきだ。

果たして俺は、そこで何を見るのか。何を知ってしまうのか。

今日は不安とワクワクが入り混じった複雑な感情を抱えたまま、寝る事になりそうだ。

# 十五話　ネクロマンサー、ダンジョンに挑戦する①

王都リィンディア・中央区。

少し視線を先の方に向ければ、王城が見えてくる。そこに、ダンジョン・グランドーラの入口は存在する。

ダンジョンに通ずる地下への階段は、戦闘能力のない人が不用意に立ち入ることのないように建物で覆われていた。

もちろん管理人や見張りの人間が何人かいたのだが、ここはミストの名を使って『調査研究』という名目で通してもらう事に成功している。

設定上俺たちはミストの護衛扱いで、特に正体がバレるような事はなかった。

「助かったぞ、ミスト。お前が王都で名高い錬金術師であってくれたおかげで、上手い事通してもらえた」

「全く。正体を迂闊に明かせないと言うのは不便だねえ。あとさ、ここまで来たらもうフードはいいんじゃない？」

「そうだな……っと。フィルカが鬱陶《うっとう》しいという気持ちがよく分かったな」

「でしょう？」

俺はミストに言われた通りに、顔を覆《おお》っていたフードを脱いだ。

別にバレたところで大した問題にはならないだろうけれど、魔界に行く前に面倒ごとは避けておきたかったので、こうして姿を隠していたのだ。

さて、ダンジョン・グランドーラだが、地下階段を降り切った先には、物々しい雰囲気の漂う巨大な石扉が存在していた。

俺は恐る恐るその扉に手を伸ばすと、直後に両サイドの壁に取り付けられていた燭台《しょくだい》に青色の炎が灯り、ゆっくりと扉が開いていった。

「へえ、自動で開くドアか。僕の研究所にあるのと似たような構造なのかな？」

「どうだろうな。相当昔からある技術っぽいが……ああ、言っておくけど、ここでじっくり調べようなんて言い出すなよ？」

「分かっているさ。それより面白そうなものが僕を待っているからね」

そんなやり取りをしながら、俺たちは扉の先へと進んでいく。

一応、照明用の魔道具はいろいろと用意してきたのだが、壁が発光しているのか中は思ったより明るかった。

内部構造としては、いくつもの広く四角い部屋が通路によって繋がれており、その中で次の階段を探すと言った感じのようだ。

もちろんそこら中に魔物がいる訳で、見つかり次第戦闘になるのだが、

「よっと！　倒しましたよー‼」

「あまり強くないわね」

フィルカとミルアがさっさと倒してしまうせいで、俺の出る幕は全くない。

目の前ではたった今倒されたばかりの魔物が複数、魔障と思しき霧状のものを噴出しながら消えていく。

それを見てミストは満足そうに頷いているが、男二人が全く働かず女の子に全てお任せと言うのはどうなんだろうか……

ところでミルアの戦闘能力についてだが、見た目に反して職業《ジョブ》が剣士系上位である剣聖《けんせい》という、ゴリゴリの前衛タイプだったりする。

そのため今は動きやすい軽装備に加えて一振りの長剣を握っている。

ちなみにこの世界における職業《ジョブ》と言うのは、生まれ持ったモノから変える事はできない。

つまり剣士は一生剣士のままで、いつか剣聖になれたりすることはない。

とはいえ剣士が一生上位職業《ジョブ》である剣聖に敵わないかと言えば、そうではない。

剣聖は剣士と比べて初期状態の能力が高いだけであって、努力次第でいくらでもひっくり返すことが可能だ。

「あっ！　ありましたよ！　次のフロアに行く階段！」

そうこうしている内に、ミルアが地下二階へと進む階段を発見したようだ。

いくら始まりの地下一階とはいえ、こんなに順調ならばすぐに攻略が完了してしまうのではないか。

そんな余裕すら持ちながら、俺たちは先へと進んでいく。

◇　◇　◇

グランドーラ・地下十階・入口。

地下九階からの階段を下りた先にあったのは、入口のそれと同じような巨大な石扉だった。

明らかにこの先何かあると言った感じだったので、魔物がいないのをいいことに、その扉の前を陣取って休憩をしていた。

「はぁ……まだ着かないのか？　ダンジョンと言うのはどこまで続くんだ……」

既にミストが限界を迎えかけている中、ミルアは道具袋の中から携帯食料と飲み物を取り出してみんなに配っている。

この道具袋は、冒険者用に開発された特殊な鞄《かばん》であり、見た目こそそんなに大きくないのだが、特殊な術がかけられているので、その容量は見た目の数十倍はある。

「なぁ、フィルカ。魔界のダンジョンは何階層くらいあったんだ？　もう結構進んだはずだが……」

「そうね……三十階、くらいだった気がするわ」

「マジか……まだその三分の一しか攻略できていないとなると、先は長いな」

「うぅ、引きこもり天才研究者の僕には苦行過ぎる……」

まだ自分を天才と口にできるくらいの余裕があるなら、もう少しは大丈夫だろう。

最悪戦闘にはほとんど参加していない俺が、ミストを抱えて連れて行くという事になるかもしれないとは思っている。

「ふぅ……なかなか大変ですね、ダンジョン攻略って」

ミルアも表情こそいつもの明るさを維持しているが、幾度となく戦闘を重ねた事で結構な疲労がたまっている様子。

しかし魔族であるフィルカは、この程度は何でもないのか、涼しい顔をしている。

本当は俺も戦闘に参加するべきなのだろうが、生憎と俺は蘇生可能な死体がないとほとんど役に立たないので、しばらくはお任せするしかない。

二人が強すぎるのか、魔物が弱すぎるのか、あるいはその両方なのか。

二人とも大怪我を負うこと無く戦闘をこなしていくので、俺の回復能力もしばらくは必要なさそうだ。

そして、休息を取った後、俺たちは地下十階の扉の先へと進むことになった。

「……準備はいい？」

何かあった時に備えて一番余力を残しているフィルカを先頭に置き、俺たちは頷いた。

フィルカはそれを確認してから、そっと扉に手を触れる。

するとやはり、両サイドの燭台に炎が灯ってから自動で扉が開いていった。

「……暗いな」

扉の先の部屋は一切の明かりがなく、真っ暗だった。

俺たち全員が部屋に入った瞬間に、後ろのドアはひとりでに閉じてしまって完全に光が失われた。

そこで早速、用意してきた照明魔道具を取り出そうとしたのだが――

「うっ⁉」

次の瞬間、天井に光が灯り、部屋全体を白い光が満たしていく。

それに反応して前衛二人は剣を構え、俺はミストの前に移動する。

するとどこからともなく声が聞こえてくる。

『深淵《アビス》に至らんとする者よ。汝らの力を示せ』

「アビス……っ！　フィルカ！　ミルア！」

「分かっているわ」

「オーケーですっ‼」

すっかり明るくなった部屋の中央で、何やら魔法陣のようなものが光りだす。

そして現れたのは――焦《こ》げ茶色の鎧と太陽の如きオレンジ色の肉体を持つ巨人。

ただしその巨人には足がなく、代わりに腰から下の方に漏れ出た炎が、尾のような形を作っている。

こんな魔物、見た事がないな。

いや、そもそも魔物なのか疑わしいが、とりあえずコイツを倒さない事には先に進めなさそうだ。

「行くぞ、人の子らよ。我が名は陽魔人《ようまじん》ソルニス。先へ進みたくば、我に打ち勝ち力を示せ‼」

喋ったっ⁉　いや、それよりも——

陽魔人ソルニスの肉体が一瞬激しく発光し、直後、彼の頭上に作り出された巨大火球が四つに分裂した。

そして、それぞれが凄まじい勢いでこちらに向かってくるッ——‼

「ちょちょっ、レイルっ‼」

「チィッ——」

直感で生死反転による沈下は間に合わないと判断し、俺はすぐさまミストを抱えてその場から離れる事に。

火球は本来の軌道から大きく逸《そ》れて、まるで操られているかのように、移動した俺たちの方へと向かってくる。

しかも火球一人につき一つらしく、俺とミストの方には二個も飛んできていた。

「くっ……」

マズい、このままでは——

そう思って一旦足を止めてからミストを下ろし、腰の剣に手を伸ばしたのだが、ついに火球は俺には届かなかった。

「……大丈夫？」

俺の前で揺れる、金色の髪。

気付けば俺たちに襲い掛かっていた火球たちは、フィルカが展開した魔力の壁のようなモノに衝突して消滅していた。

「……ああ、助かった」

最悪、魔障竜と戦った時みたいに、この身で受けてやり過ごそうとか考えていたので、いろいろと助かった。

ミストも己の無事を確認してそっと胸を撫でおろしている。

「わたしがやるわ。レイルたちはそこで待っていて」

「あ、ああ……」

俺は声になり切らない返事をして、ソルニスに向かって歩き始めたフィルカの背を見送る。

ミルアの方もなんとか凌《しの》ぎ切ったようだが、フィルカがアイコンタクトを送るとこちらの方へと走ってきた。

そしてフィルカが一人でやるという趣旨を伝えると、若干心配そうながらも頷いて、俺たちの守護に回ってくれることとなる。

「少女よ。貴様一人で我に挑むというのか？」

「ええ。そうよ」

「……良かろう。後悔しても知らぬぞ」

「大丈夫よ――すぐに終わらせるから」

「――ッ!?」

刹那《せつな》、ソルニスの左肩に一筋の剣閃《けんせん》が走る。

強靭《きょうじん》な腕が繋ぎ目を失い、重力に従って床へと落ちていく。

しかしその直後、傷口が発火し噴き出た炎が腕の形を作っていき、見事完璧に再生されてしまう。

「……なるほど。口だけではないようだな」

「――行くわ」

戦いが、始まる。

……いや、それは戦いとはもはや呼べぬ、一方的な蹂躙《じゅうりん》だった。

一見互角の戦いに見えるが、それは大きな間違いだ。

陽魔人ソルニスが放つ炎は全てフィルカの剣によって両断、もしくは展開された防壁によって完全に防がれ、逆にフィルカが放つ魔法や剣の一撃は着実にソルニスにダメージを与えていく。

「ふっ――」

「ぐっ!?」

またも、フィルカが振るった剣でソルニスの鎧と肉体に、大きな傷が入る。

そして剣を高く構え、その刃に風を乗せて振り下ろす――ッ!!

俺が魔障竜をアビスゲートに押し込む時に使った技と同じ、その凄まじい威力を誇る風の刃がソルニスの肉体を吹き飛ばし、壁に激しく激突させた。

しかしソルニスの方も異常なタフさを見せ、あれだけの猛攻を受けてなお平然と立ち上がる。

ハッキリ言ってこの陽魔人は、ここに来るまでの間に戦ってきた魔物たちとは明らかに比べ物にならない強さを持っている。

こんなのが立ちふさがっているのなら、そりゃ誰も攻略できないのは当たり前だ。

「おのれ……人の身とは思えぬ強さを持つ少女よ。これを最後にしよう。耐えられるモノなら耐えてみるがいい」

再度浮かび上がって、フィルカの前に立ちはだかるソルニス。

見た目こそまだ人間のそれだが、まさか中身が魔族だとは夢にも思うまい。

何と言うか、圧倒的過ぎて、逆に冷静に戦いを観戦している自分がいる。

だがまだ、戦いは終わっていない。

ソルニスがその両腕を勢いよく広げたかと思えば、彼を中心に空間を凄まじい熱風が満たし、直後強力な引力が俺たち全員に襲い掛かる。

「う、おっ!?」

「なっ、なんだっ!?」

「ひゃあああっ!?」

マズい！　このまま引っ張られ続ければ、ソルニスに呑み込まれる。

恐らく超高熱体と化した彼の身によって、一人残らず焼き尽くされることだろう。

だが――

「無駄よ」

一人だけ冷静だったフィルカは、魔法で己の刃に光る雷を流すと、その中心で構えるソルニスに向かってそれを振るった。

まるで空を舞う竜の如き軌道を描きながら、蒼き雷が引き寄せられていき、直後、轟音《ごうおん》と共に弾ける！

気付けば熱も引力も消え去っていて、そこにはボロボロで黒焦げになった鎧だけが残されていた。

「終わったわ」

そう言って、何事もなかったかのように軽い笑顔で剣を収めるフィルカの姿に、頼もしさとは裏腹に少しばかり恐怖を抱いてしまう自分がいた。

## 十六話　ネクロマンサー、ダンジョンに挑戦する②

「す、凄いな……こんなに強かったのか……」

涼しい顔でこちらに戻ってくるフィルカを見ながら、ミストが思わず感嘆の声を漏らす。

前に一度共闘――いや、使役した時にフィルカの強さを理解した気でいたけれど、実際に目の当たりにするとまた違った感想を抱いた。

何と言うか、小細工など一切存在しない本物の強さというものを思い知らされた気がする。

「ますます魔族という存在に興味が出てきたよ……あぁ、知りたい。彼女の強さの秘密を解き明かしたい……」

「やめとけ。アレみたいに消し炭にされるぞ」

研究者としての欲が湧き始めたミストに、陽魔人ソルニスの残骸《ざんがい》を指さしながら注意しておく。

それは同時に自分に対する戒《いまし》めでもあり、フィルカと敵対して怒らせるような真似は絶対にしないよう肝に銘じておきたい。

「しかしキミのネクロマンサーの能力って、こういう時には全く役に立たないよね」

「仕方ないだろ。俺はあくまで回復・支援役だからな」

「大丈夫。わたしがレイルたちを護って戦うわ」

「フィルカ……」

圧倒的な強さと格好良さを持つフィルカに、真っすぐな瞳でそんなセリフを言われると、思わずちょっと勘違いしてしまいそうになる。

だけどフィルカは「その代わり」と続ける。

「——レイルもわたしを護って戦って。その能力をわたしのために使ってほしい」

これでおあいこでしょ？　と、笑みを浮かべた。

……ああ、そうだな。恐れる必要なんてなかった。

俺は俺の欠点をカバーしてくれる、最強の前衛を仲間にしたんだ。

勇者パーティのような仮初《かりそめ》の仲間なんかじゃなくて、真に頼れる仲間を――

「あのー……いい雰囲気になっているところすみませんが、そろそろ先に進みませんか？」

「――え、ああ、そうだったな。悪い悪い」

ミルアの声で、俺の若干浮ついてしまった心が冷静さを取り戻す。

そうだ。ここはまだダンジョンの途中に過ぎない。気を抜かないようにしなくては。

◇　◇　◇

グランドーラ・地下十一階。

地下十階の陽魔人ソルニスを撃破し、またも地下一～九階と同様の雑魚敵と戦いながら、下を目指す作業が続くかと思いきや、予想外の展開となっていた。

「はっ――」

「やあっ!!」

フィルカの魔法とミルアの剣の一撃が同時に突き刺さり、二足歩行の猪型魔物が魔障を噴き出して消滅した。

今までならばフィルカかミルア、どちらかの適当な攻撃が一回でも当たれば消滅するくらい弱かった魔物が、ここへ来て急激にその強さを増している。

そのせいで一回の戦闘にやや時間がかかるようになったのだ。

「ふぅ……厄介ですね……」

ミルアが剣を収めながら息を吐く。

二人ともまだまだ余力を残しているものの、一回一回の戦闘での消耗が激しいと、下に辿り着く前にバテてしまう。

俺の能力を用いて回復したとしても疲労が回復するわけではないので、ここへ来てダンジョン攻略の厄介さを思い知ることになった訳だ。

「ミルア、大丈夫？　大変ならしばらくわたしがやるわ」

「いえ！　まだまだ大丈夫です！」

「そう。ならいいわ」

魔族はもともと並外れた体力があるのか、あれだけの戦闘を繰り広げてなお、息一つ切らしていない。

ミルアもミルアで、自分の手でミストを護るために相当鍛えている強者ではあるので、もうしばらくは大丈夫だろう。

……問題なのは後ろの男二人だ。

「何と言うか、だんだん申し訳なくなってくるな」

「そう思うならキミも戦闘に参加したらどうだい？」

「……考えておく」

女の子二人が開けてくれた道をこそこそと辿っていくだけで、今のところ大していいとこなしだ。

パーティの役割分担と言ってしまえばそこまでだが、自分も何かをしたいという思いがだんだん強くなってくる。

勇者パーティに在籍していた頃はそんなことは全く気にせず、奴らが死ぬまで傍観する事に何の躊躇《ためら》いもなかったんだがな……

◇　◇　◇

グランドーラ・地下十四階。

心なしかさっきよりもさらに魔物が強くなっているような気がする中、俺たちは代わり映えしない道を歩いていく。

そしてまたも現れる魔物。

今度は緑色のゲル状生物——スライムの亜種のような魔物だ。

スライムと言えば、地上世界では大して強くない魔物だが——ダンジョン《ようまじん》においては、そんな常識は通用しない様子。

「っ!!」

俺たち四人の中心に小さな風の渦が現れたかと思えば、次の瞬間激しいトルネードが発生した。

俺はミストを抱えて後ろへ。

ミルアとフィルカはそのまま前へ進み、スライムへと攻撃を仕掛ける。

まずは様子見の、フィルカお得意の闇属性魔法。

スライムの小さな体の中心に闇が集まり、弾ける。

その爆発の衝撃で一度は奥へと吹っ飛んでいったが、その身体には傷一つなく、その身を突風に乗せて凄まじい勢いで突っ込んできた。

「っと！　させないですっ!!」

高速で突っ込んでくるスライムに対して真正面から受けて立つミルア。

右手に握った剣の刃に左手を添え、受け止める。

「……っ、フィルカさん!!」

「分かっているわ――」

突進の勢いを殺し、力技で強引に弾き飛ばしたスライムの無防備な体へと、フィルカの剣閃が走る。

そしてスライムは地に落ち、噴き出た魔障と共に消滅していくのだが――マズい!!

「――ミルアっ!!」

遅れて気付いたミストが叫ぶ。

ミルアの背後からもう一体。全身に風の刃を纏って突撃してくるスライムの姿があった。

「っ!!　レイル、さん……？」

いち早く気付いた俺は、すぐさま剣を抜いて走り、ミルアに衝突する寸前のところに割り込んで力いっぱい斬り飛ばす。

そして激しく地面に激突したスライムに、フィルカの魔法が突き刺さる事で消滅に至らせた。

「つぶねえ……セーフだった」

「あ、ありがとうございます……」

「いや、すまん。出しゃばった」

本来ならば、回復蘇生役である俺がこんな無茶をやってはいけないのだが、思わず体が動いてしまった。

ミルアがやられても、治してやればいいだけのハズなのに。

そのやられる姿を見たくなかったというだけの理由で、俺は動いてしまった。

「いえ。おかげで痛い目にあわずに済みました。フィルカさんもありがとうございます」

「気にする事はないわ。レイルもよ」

「あ、ああ……」

まあ、間違ったことはしていないはずだ。

ただ、もっと強い敵と戦う時は、自分が最後まで生き残ることを意識しないといけないなと、形だけの反省でもしておくとしよう。

◇　◇　◇

グランドーラ・地下十八階。

相変らずの面白みのない景色を眺め続けて既に半日近く経っている気がする。

いい加減飽きてきたし、疲労もかなり溜まってきた。

「ちょ、ちょっと待ってくれ！　そろそろ休憩を……」

ここに来て五回目くらいのミストの休憩要請が入る。

普段あまり外で動かないミストには、ダンジョンを歩き回るのはさぞキツイ事だろう。

その言葉を聞いたフィルカとミルアの二人も一旦足を止める。

「そうですね……だいぶ歩きましたし、次の階段を見つけたら休憩にしましょうか」

「そうね。分かったわ」

「あと少しなはずですから、もうちょっとだけ頑張ってください。兄さん」

「わ、分かった……」

もしこれが魔界への道というミストにとって魅力的なモノが待っている道のりでなかったら、とっくに引き返そうと言っていたに違いない。

それでもなお歩き続け、耐えているあたり何としても辿り着きたいのだろう。

そんなミストを甘やかすのではなく励ますミルアも、その想いに応《こた》えようとしている。

「しかしここまで進んでまだ十八階か。フィルカの言う魔界のダンジョンと同じならばまだ十以上下に進まなければいけない訳だな」

「そうなるわ。同じかどうかまでは保証できないけれど」

「まあ、それは自分の目で見て確かめればいい」

「そうね」

フィルカとそんな会話を交わしながら、次の休憩ポイントを求めて歩き進める。

◇　◇　◇

グランドーラ・地下二十階・入口。

「またか……」

階段を下りた先は、地下十階のそれと同じ大扉。

十階で見た時点で何となく察していたので、その時ほどの驚きはない。

「きっとこの先にはまた、いますよね？」

「ああ、多分な」

「僕は外で待機していたいところだけど、多分そういう訳には行かないよねえ」

「そうだな。なるべく塊で動いた方がいいと思う」

陽魔人ソルニスの次は何が出てくるのだろうか。

その辺はさっぱり見当もつかないが、ただ一つ言えることは、さっきのアイツよりは強い奴が出てくるだろうという事だ。

さっきはフィルカの圧倒的な力で倒してもらったが、次もそれが通じるとは限らない。

「少し休憩して、それから進もう」

俺がそう提案すると、全員が頷いてくれた。

# 十七話　ネクロマンサー、守護者に挑戦する

「……陽の魔人を下し、幾多の魔物を退け、ついにここに至ったか」

地下二十階の扉を開くと、重々しい声が俺たち四人を出迎えた。

前回同様最初は真っ暗で何も見えなかったのだが、全員が中に入り扉が自動で閉まったのと同時に、部屋全体を淡い光が満たす。

黒々とした鎧と肉体の持ち主――陽魔人ソルニスの色違いと言った感じの奴が、腕を組みながらこちらを見下ろしていた。

どうやらすぐに戦闘を仕掛けてくる様子ではないが、ミルアとフィルカを前衛に陣形を組んで、いつでも対応できるように準備を整えておく。

しかしこのフロア、少し様子がおかしいな。

魔人（？）から注意を逸らさぬよう、改めてフロア全体を見渡してみると、まず光が当たっているにもかかわらず床全体が影のように黒いままなのが分かる。

さらに俺たちが入ってきた扉も消滅し、四方の壁は黒いモヤによって覆い隠されていて、進むことも引く事も叶いそうにない。

それに足下。靴で軽く突《つつ》いてみると、何と言うか音が軽い。

硬い地面の上に立っている時とは違った感触だ。

まるで薄っぺらいガラスの上に立っているような、そんな感覚すら覚える。

「ミスト……」

「なるほどね。幻術かトラップか。手段は知らないけど、どうやらこの部屋は意図的に何かを隠しているのは間違いないね」

「──我はダンジョン・グランドーラの守護者が一体、陰魔人《いんまじん》フォンケル。我に打ち勝てば先に進む道は開かれよう。さあ、深淵《アビス》に至らんとする者よ。汝らの力を示せ」

「随分と饒舌だから話が通じるかと思ったが、結局は戦いか……」

「──レイル、後ろは任せたわ」

「ああ──って、もう行くのかっ‼」

俺が返事をする前にフィルカは走り出し、フォンケルへと攻撃を仕掛けていた。

猛スピードで接近し、振るわれた銀色の刃がフォンケルの体を引き裂──けなかった。

奴は不敵に笑ったかと思えば、その体を床に広がる謎の影に沈めていったのだ。

「消えた……？」

「フィルカさん！　後ろですっ‼」

「──っ‼」

影を通じて移動したのか、フィルカの背後に現れたフォンケルは、いつの間にか右の手に握っていた黒色の巨剣を振り下ろす。

だが間一髪のところでその間にミルアが割り込み、両手に握りしめた双剣で巨剣を受け止める事に成功。

しかし、今のミルアの体は空中にあり、フォンケルは重力を味方にそのまま押し切らんとさらに力を籠めた。

「く、ぅ……」

「――させないわ」

そこに一歩遅れたフィルカが剣を構え、薙《な》ぎ払う。

無防備な腹でその剣撃を受けたフォンケルは、為す術もなく吹き飛ばされる――って！

「やべっ!!」

フォンケルが飛ばされた先には、俺たち二人が立っていた。

このままでは巻き込まれてしまうッ――!!

俺はまたもミストの軽い体を強引に引っ張って転がるように離脱した。

「ってて……もうちょい優しく運ぶことはできないのかい？」

「そんな余裕はなかった。それよりミスト、ちょっと耳を貸せ」

「な、何だよ急に……」

「いいから！」

俺はミストの顔を引き寄せ、その耳にある頼みごとを聞かせる。

それを聞いたミストは一瞬驚くが、すぐに察して自身の荷物を探し始めた。

「頼んだぞ。奴が動き出す前にな」

「はぁ。全く無茶言うなあ、キミも。まあ任せてよ。三分で作ってやろうじゃないか」

「ああ、任せた。そして――フィルカ、ミルア！」

俺が呼びかけると、二人は同時にこちらを向いた。

そして俺は、錬金を始めたミストの姿を見せながら用件を簡潔に伝える。

「なるべくこっちに来させずに戦ってくれ。頼む！」

「分かったわ」

「オーケーですっ！」

「……我との戦闘中に会話に興じるとは舐められたものよ」

そうこうしている内にフォンケルが起き上がってしまった。

怒っている――という訳ではなさそうだが、巨剣を振り回してこちらに攻撃する意思を示している。

そして俺たちとフォンケルの間にフィルカとミルアの二人が立ち、それぞれ武器を構えた。

「……ふっ‼」

先に動いたのはやはりフィルカ。

彼女の性格は先手必勝寄り。だからこそ真っ先に敵に突っ込んで攻撃を仕掛けるのは分かっていた。

それはミルアも同じことで、フィルカの動きに合わせてそのカバーに回れるように動く。

「ふん……むっ!?」

ただし、馬鹿正直に真っすぐ突っ込むだけではない。

フォンケルがすぐさま影に潜り、フィルカの剣から逃れようとしたのだが、フィルカが開いている左の手のひらから放った蒼き雷が、地面を這って迫る。

猛スピードで迫る雷撃に影潜りが間に合わないと判断したのか、フォンケルは半身が沈んだあたりで止まり、巨剣を以て受け止めた。

しかし――

「無駄よ」

雷撃は収束し、弾ける。

フィルカがさらに力を籠める事で蒼き雷はその勢いを増し、放射線状に勢いよく広がる。

同時に、自分とミルアに雷が届かぬよう障壁を展開して守っていた。

「ぬ、ぐ……」

やがて雷は勢いを失い、消え去る。

その直撃を真正面から受け止めたフォンケルの肉体からは、うっすらと煙が上がっており、その威力の凄まじさが窺えた。

相変わらずの強さ。今回もまたフィルカの圧勝で終わりか……？

そう思っていたのだが――

「……なるほど。ソルニスを打ち破っただけの事はあるようだ」

肩を落とし、深いダメージを負っていた様子だったフォンケルは、何事もなかったかのように面を上げ、そう口にする。

そして自ら闇色の巨剣を消し、両手を胸の前で近づける。

するとそこには薄い黒の膜で形作られた球体が徐々にその大きさを増していくではないか。

「――フィルカさん！」

「分かっているわ」

何か良からぬことを企んでいるのは見え見えだったので、今度はミルアが先陣を切ってフォンケルへと斬りかかる。

そしてフィルカも同時に魔法の準備を始めるのだが、次の瞬間、フォンケルの生み出した球体が凄まじい勢いで部屋の光を吸収していく。

「暗夜の底に沈むがいい」

その声と共に、俺たち全員の視界は闇に包まれた。

何も、見えない。

敵《フォンケル》の姿はもちろん、自分の姿さえも見えない。

暗い。暗い。クライ。コワイ。

なんだ……？

得体のしれない不安。そして恐怖。

心の奥底から湧き上がってくる嫌な感覚。

「っ、はっ⁉」

勘だ。いや、あるいは恐怖心に突き動かされたのか。

思わず半歩下がったところで、腹から胸にかけて鋭い痛みが走る。

斬られた。どこから攻撃された？

見えない。何も見えない。

気配を感じない。分からない。

だけど次は――死ぬ。

そう思った瞬間俺は正気に戻り、そして叫んだ。

「ミストおおおおおっ‼」

届け。届いてくれッ‼

恐らくミストも今、さっきの俺と同じ状況にあるハズだ。

だから俺の声で、目覚めてくれ！

「っ！　レイル！」

届いた！　ならば――

「が、ぁっ……」

この場から離れなければと、そう思った瞬間。

腹に凄まじい痛みが襲い掛かる。

剣か何か。鋭いもので突き刺された。

「まずは一人目」

意識が、だんだんと薄れていく。

だが今のは、フォンケルの声だ。

最初に俺が狙われたのか。ならば次は……

急げ、ミスト。早くしないと、次は……

「むっ⁉　なんだ⁉　急に光が……くっ⁉」

フォンケルの動揺を理解する前に、俺は光を見た。

何もない、無限に広がるかの如き闇の中で、真っ白な光を。

そして次の瞬間、俺たちは視界を取り戻した。

「ふー、危なかった。何とか間に合ったよ」

そこには煌々《こうこう》と輝く特製の照明魔道具を掲げて立つ、ミストの姿があった。

そして振り返ってみれば、既に剣を振るってフォンケルの片腕を斬り飛ばしているフィルカの姿があった。

流石だ。ミストも、フィルカも。そして――

「レイルさんっ⁉」

俺の有様を見て一目散に駆け寄ってくるミルア。

気が付いたら俺は、仰向《あおむ》けに倒れていた。

何とか首を動かして見てみると、そこには腹に空いた大穴と肩まで走る酷い切り傷。

滝の如く流れる血を見て、ようやく自分の状況を理解した。

「大丈夫、だ。これくらいでは死なん……」

すぐさまネクロマンサーの回復魔法を用いて自己再生を試みる、が。

傷が深い上に、意識が遠のいていくせいで上手く進まない。

応急処置は、済ませた。

でも、ダメ、だ。このまま、では……

そして俺の意識は再び、闇の底に落ちていった。

◇◇◇

「――っ！　ここは……」

目が覚めると、視界に映ったのは見知らぬ天井。

星が浮かんでいるかのような錯覚さえ覚える、夜の空のような景色だ。

そして上体を起こそうとしたところで、激しい痛みが俺を襲う。

「やぁ、目が覚めたかい、レイル」

「ミスト……ここは？」

「さっきの部屋さ。陰魔人フォンケルはミルアたちが倒した」

「そう、か」

俺の視界に可愛らしい顔をした少女のような少年が割り込んでくるが、そいつは俺のよく知るミストのモノだ。

そしてその近くに座って休憩しているミルアとフィルカの二人が、心配そうにこちらを見ている。

「大丈夫？　レイル」

「良かったです、無事で……」

「ああ、なんとかな。ってて……さっさと治してしまうか」

意識が戻ったのならこれくらいの傷を治す事なんて容易《たやす》い。

俺はすぐさまネクロマンサーの回復魔法を駆使して傷を塞いでいく。

しかし失った血までは戻らないので、まだ頭がちょっとくらくらするな。

「……よし」

とりあえず痛みが引いたのを確認してから、俺はゆっくりと立ち上がる。

そしてようやく気付いた。この部屋の異変。その異様な光景に。

「なんだ、これは……」

魔法陣のような巨大な模様が描かれた、ガラスのような透明な床。

真下には無限の闇が広がっており、堕ちたら二度と帰ってこられないだろう。

いや、そんな事よりももっと重要なものがある。

その闇の中。つまり俺たちが今立っている場所の先。

そこには真下に伸びた塔のような建造物があった。

# 十八話　ネクロマンサー、×××と邂逅《かいこう》する

無限に広がるかの如き暗闇の中で、異質な存在感を放つ逆さの巨塔。

紫に近い外壁の隙間から昏《くら》い青色の光が漏れ出ており、この空間の静けさも相まって非常に不気味だ。

塔の最上階――いや、最下層と言うべきなのか。

ともかく上側の部分は、今俺たちが立っている床を貫く形で建てられているので、この先に進めばその塔の中に入ることは出来そうだ。

「っと、悪い。待たせた。先に行こう」

今一度自分の体を確認してから、三人に声をかける。

「……もう大丈夫なの？」

「ああ。こんな状況じゃ落ち着いて休めないし、さっさと先に進んでしまおう」

「それもそうね。分かったわ」

フィルカの言葉にミルアとミストも頷いた。

そして俺たちは進展を求めて逆さの巨塔に向かって歩いていく事になる訳だが、傍《はた》から見れば何もない空間を歩いている時もあるようなこの状況。

いつかこの床みたいなやつが割れて、奈落《ならく》の底に叩き落とされてしまうのではないかと、ビクビクしながら進んでいく。

そして――

「あっ、何か立っていますね……」

最初にその存在に気付いたのは、先頭を歩いていたミルア。

塔の入口付近にて、青白い光を放つヒトガタが、俺たちを待っているかの如くこちらを見ていた。

こんなところに俺たち以外の人間がいるとは思えないし、そもそもアレは、どう見ても人間ではない。

「ど、どうしますか？」

「攻撃、してみる？」

「……いや、とりあえず話しかけてみよう」

いくらこちらの戦力が優れていると言っても、避けられる戦闘は避けたい。

話が通じるならそれが一番だし、ダメならその時に戦えばいい。

それに……ここで攻撃を仕掛けるのは絶対にダメだと、俺の本能が告げている。

何と言うか、異質なのだ。

その見た目はもちろんだが、すぐ近くに立っているはずなのにそこには存在していないような、そんな不思議な感覚を覚えてしまう。

幻術とかそういった類ではない……はずだ。

たとえるならば、この世界にその姿を映していながら、本体は別の世界に存在している、と言ったところだろうか。

とにかく、強そうとかそう言った次元を突破した雰囲気を持つ、不思議なヒトガタだ。

そんなことを考えながら近づくと、ヒトガタは大げさに両手を開き、こう言った。

「陰陽の魔人を打ち破り、ついにここまで来たんだね。ようこそ、狭間《はざま》の神塔《しんとう》へ。歓迎するよ――と言いたいところだけど」

「喋ったっ⁉」

「……レイル」

「まだ待て、フィルカ」

驚くミストと、警戒して武器に手をかけるフィルカ。

だが俺はそれを制止し、まだ様子を見る。

するとヒトガタは不敵に笑い、こう言い放つ。

「悪いけどキミたちを通す訳にはいかないな。引き返してもらおうか」

「……生憎だが、そう言われて『はい、そうですか』と引き返すほど素直じゃないんでね。大体にしてアンタは何者で、どうしてこんなところにいる？」

「うーん。ボクは素直な子の方が好きなんだけどなぁ……まぁいいや。ボクは×××アルティマ。この狭間の神塔の――管理者みたいなものさ」

「っ⁉　こいつらはッ――」

一部分が聞き取れなかったが、アルティマという名のヒトガタが指を鳴らすと、それに呼応して二つの巨大魔法陣が現れた。

一つからは激しい火柱が、もう一つからは黒い霧の柱がそれぞれ昇る。

そして現れたのは——つい先ほど倒したばかりの陰魔人フォンケルと、消し炭になったはずの陽魔人ソルニスの二体だった。

「フィルカ！　ミルア！」

「了解ですっ‼」

「分かっているわ」

先手必勝。

ヒトガタはともかくこいつら二体が敵だという事は確定しているので、フィルカとミルアに先制攻撃を仕掛けさせる。

フィルカはソルニスに蒼き雷の一撃を。ミルアはフォンケルに双剣の連撃を。

それぞれ彼女らが持つ最高の攻撃を試みるのだが——

「ふふっ、無駄だよ」

「っ⁉」

「ひゃあぁっ⁉」

まるで少年のように楽しそうに笑うアルティマ。

そしてその声に呼応して二体の魔人の目に光が灯り、放たれた凄まじい波動がフィルカたちを襲い、激しく吹き飛ばす。

「なっ……」

先ほどまでとは明らかに違う強さだ。

まさかミルアだけでなくフィルカまで一蹴するとは……

「いったた……びっくりしました……」

「ごめんなさい。油断したわ」

しかしフィルカたちも流石の対応力で、すぐに体勢を立て直してこちらに戻ってきた。

二体の魔人は何も喋らないが、各々得物《えもの》を取り出して、すぐにでも戦闘を行えると言った様子だ。

「へぇ……なかなかやるね」

「フィルカ、ミルア。分かっていると思うが、あの二体。さっきより明らかに強そうだ。気を付けてくれ。それとミスト、アレの準備を頼む」

「分かっているさ。さっきキミが急遽《きゅうきょ》作れって言ったこの超強化型照明魔道具の事だろう？」

「そうだ。フォンケルのあの技が来たらすぐに頼むぞ」

俺の言葉を受け、ミストは無言で頷く。

そう。それは俺がフォンケル戦でミストに頼んで作らせた魔道具だ。

光を発するタイプのソルニスと真逆の光を奪うようなことをしてきそうだったので、万が一のために用意させたのだが、それは見事に正解だった。

「……ふっ」

「……何がおかしい」

「いや、なに。まさか人間と魔族がこうして肩を並べて戦おうとしている光景を再び見る事になるとは思わなくてね」

「……何を言っている？」

「その程度でボクの目は誤魔化せないよ。そこの金髪の女の子、キミは魔族だろう？」

「…………」

フィルカは答えない。

しかし沈黙を肯定と受け取ったのか、アルティマは愉快そうに笑う。

神塔の管理者とか名乗っていたが、まさかフィルカの正体を見抜かれるとは……

「その程度、だって……？　この天才錬金術師ミストが造った魔道具を……？」

って、お手製の魔道具をその程度呼ばわりされたミストが、若干キレていやがる……

怒りのあまり無茶な行動を取るバカではないが、後でフォローが必要か。

「もしかしたらキミたちなら……いや、ダメだな。やはり通すわけにはいかない。人間たちは人間の世界だけで生きるべきだ」

「……どういう意味だ？」

「ああ、ちょっと口が滑っちゃったね。気にしないでくれ。ただ――そこの魔族。キミには悪いけど死んでもらおう。どうやって人間界に足を踏み入れたのかは知らないけど、人間界に魔族は必要ないからね」

「何だと……？」

「これ以上話すことはない。魔族を置いて大人しく引き返すと言うのならば見逃すが、邪魔をすると言うのなら容赦《ようしゃ》はしないよ。さあ、抗えるなら抗うがいい！」

アルティマが高らかにそう宣言すると、フォンケルとソルニスの二魔人の体が発光し始める。

その光は徐々に二体の真ん中へと収束していき――光が消えた頃には、左半身がフォンケルの、右半身がソルニスの特徴を引き継いだ融合魔人が、こちらに剣を向けていた。

# 十九話　ネクロマンサー、陰陽魔人と戦闘する

「――ッ!!」

張り詰めた空気に吹き荒れる突風。

ただそこに立っているだけなのに、己の死をイメージさせるほどの圧倒的存在感。

主《アルティマ》を護るように剣を構え、こちらを威圧する様はまさに騎士の如し。

「ふふっ、驚いたかな？　残念ながら君たちが今まで戦って来た二体の魔人は、この陰陽魔人《おんみょうまじん》の片割れに過ぎない。真の力を取り戻した彼のチカラ――さあ、キミたちはどう凌ぐ」

直後、陰陽魔人の身体が歪む。ゆらゆらと、髪が揺れるように。

魔人の胸の中心で光る白黒の対玉へとその肉体が吸い込まれていく。

そして空に浮かぶ球体だけが残り、弾けた。

「消えた……？　いや、フィルカッ!!」

「っ!!」

気付けば魔人はフィルカの背後へと転移し、双大剣を振っていた。

フィルカは俺の声に反応して剣を振るい、振り下ろされた陽の剣を防ぐことには成功。

だが、

「う、くっ……」

横薙ぎに払われた陰の剣をその腹部に受け、吹き飛ばされる——いや、あれは自ら後ろに跳ぶことで傷を浅くしたのか。

受け身を取りつつ転がるフィルカに迫る魔人。そこにミルアが割り込むのだが——

「無駄だよ」

アルティマの無情な声と共に、陰陽魔人が生み出した十字の剣閃を双剣で受け止めきれず、弾かれた。

そして——

「しまっ——」

無防備に空へと放り出されたミルアの体を、魔人は一切の躊躇《ため》いなく斬り捨てた。

死だ。声を上げる暇すらなく、斬り刻まれた。

ガシャンと、肉片が落ちる音が無情に響く。

「ミルアッッ!!」

「待て、ミストッ!!」

「……っ」

すぐさま駆け寄りたい。その仇《かたき》を己の手で討ちたい。

それは俺もミストも同じこと。だが俺は動かない。

ここで冷静さを欠くのは誤りだと、自身に言い聞かせる。

そして魔人はすぐさまフィルカへと標的を戻す。

彼女は腹に浅くはない傷を負いながらも、臆することなく立ち向かうようだ。

だがその直前で、こちらにアイコンタクトを送ってきた。

「……あぁ、分かっている。分かっているさ」

フィルカもミルアも。

彼女たちが死を恐れる事なく敵に立ち向かえたのは、俺が蘇生能力を持っている事を知っているからだ。

それは俺に対する絶対的な信頼であり、守らなくてはならない約束。

そしてフィルカと陰陽魔人の剣と魔法の打ち合いが始まる。

互いに多彩な攻撃方法を使い分け、その隙を窺いながら攻撃を通そうとする。

フィルカは強い。どう見ても格上の敵を前に、その類稀《たぐいまれ》なる戦闘技術を駆使して抗っている。

だが、質だけでは圧倒的な量には勝てない。

圧倒的パワーと魔力を持つ魔人がフィルカを押し始めた。

俺はフィルカの傷を回復させながらも、ミストとこの状況を打開する策を考えている。

「……分かった。時間を稼げば、いいんだな？」

「そのまま倒してくれるならそれが一番いいんだけどね。とにかく僕は錬金をする。今は任せた」

「……ああ」

このままではあの強すぎる陰陽魔人には恐らく勝てない。

俺とミストの意見はその方向で一致した。

だから――

「――何こそこそ話してるのかな？」

「っ!?」

しまった！　陰陽魔人に気を取られ過ぎてアルティマの存在を忘れていた。

奴は俺たちの間に割り込み、上手く認識できない顔に笑みのようなものを浮かべながら、俺たちが距離を取る様を見て愉快そうに笑う。

戦闘を支援していた俺の集中力が途切れた事で――フィルカは陰陽魔人の剣撃を受けて倒れてしまった。

「ふふっ、これで二人目だね。魔族の子を始末したからもうキミたちには用はないんだけど……」

「生憎と仲間を見捨てて、尻尾を巻きつつ逃げ帰るほど落ちぶれてはいない」

「ふーん……そのお仲間はついさっき二人共死んじゃったけど、それでもかな？」

「――誰が、死んだって？」

「だからそこの女の子たちは――ッ⁉」

初めて奴《アルティマ》が動揺を見せた。

俺の右手と、そしてフィルカとミルアの死体に灯る青色の炎。

ネクロマンサーが魅せる反魂の秘術が今、二人の死を生へと逆転させるッ――‼

「なっ……そのチカラは、まさかっ……⁉」

「さぁ、行け！　あの魔人を打ち倒せ‼」

死から生へと完全に切り替わるまで数分間。それは俺の時間だ。

皮膚は青く染まり、瞳の色が逆転したゾンビの如きフィルカとミルアが、俺の指示に従って唸《うな》り声を上げながら進撃を開始した。

ミルアを前衛、フィルカを中衛、そして俺が後衛という形で陣形を組み、まずはミルアの高速剣舞による先制攻撃を試みる。

「陰陽魔人！　全力での戦闘を許可する。やれ！」

「――承知いたしました、アルティマ様」

喋ったっ⁉　じゃあ今までなんで黙っていた……？

いや、今はそんなことはどうでもいい。

ミルアと魔人の激しい打ち合いが始まった。

先ほどまでとは比べ物にならないスピードで双剣を振るうミルアだが、魔人はそれに対応――いや、むしろ少し上回る速度で剣を振るい、徐々に彼女を押していく。

そこで俺はフィルカへと魔法攻撃の指示を下す。

そして彼女の頭の上に生成される、巨大な闇の球体が三つ。

それらを真っすぐ魔人に向けて放たせたのだが——

「っ⁉　効いて、ないだと……？」

闇の球体がその巨体で弾け、爆発を起こしたが、魔人の身体には傷一つついていない。

魔法攻撃に対する完全無効化手段を持っているのか……？

ならば試してみよう。次にフィルカは己の剣を掲げ、次なる魔法の準備を始めた。

そしてミルアを半ば強引に後ろに下げて魔人から引きはがし、その直後、凄まじい青色の雷撃を打ち込んだ——が。

「ダメ、か」

「無駄だ——」

魔人は何もなかったかのように剣を構え、こちらに真っすぐ突撃してくる。

俺の強化蘇生によって威力が跳ね上がった魔法が一切効かない——ならばとるべき手段は一つ。

二対一という数の有利を活かして、近接戦闘で討ち取る。それだけだ。

そして前後左右上下、戦場を駆け回り、剣で撃ち合いながら魔人を翻弄していく。

俺は無言でフィルカたちが攻撃していく様を眺めながら、魔人の次なる動きに注意を払っていつでも指示を変更できるように待機する。

ふと、アルティマへと視線を向けてみると、奴は俺たちの戦いを見るだけに徹するようで、何かを仕掛けてくる様子はない。

「――ッ!!」

魔人の剣閃を掻《か》い潜《くぐ》り、フィルカの風魔法が乗った一撃が巨体を吹き飛ばす。

どうやら魔法そのものは効かないようだが、魔法を乗せた物理的な攻撃は効くようだ。

そのまま一気に迫り討ち取らんと二人が剣を振り落とすが――左半身《フォンケル》の力で奴はその体を影へと沈める事で逃れてしまう。

その狙いは――

「つ、ぐっ!?」

俺だ。魔人は俺のすぐ背後へと現れ、双大剣を振り下ろす。

俺は慌てて手持ちの剣を巨大化させ、受け止める。

だがミルアとフィルカでさえ受けるのがやっとの剣撃を俺如きが受けきれるはずがなく――

「っち、クソッ!!」

「死者を生き返らせるというその妙なチカラ――詳しくは知らぬが、貴様を討ち取れば終わりよ！」

「ぬ、ぐぁっ……」

その重すぎる力に押し負け、俺は空中へと放り出される。

そして仰向けで浮かぶ俺の真上に現れた魔人は、右の巨剣を振り下ろしてきたのだが――

「……っ!!」

超スピードで割り込んで俺を抱えたミルアのおかげで剣の一撃から逃れ、更にがら空きになった魔人の背から、フィルカが剣を突き立てた。

そのまま魔人の肉体を地面へと叩きつけ、フィルカにはその体を容赦なくバラバラにさせた。

「……やったか？」

「――やるね。でも残念ながら、まだ終わりじゃない」

アルティマがそう呟くと、バラバラになった魔人の肉体の真下に光り輝く魔法陣が展開される。

そしてその体が光に包まれていき、ついには元通りになった陰陽魔人の姿がそこに。

「……申し訳ありません。アルティマ様。ありがとうございます」

「構わないよ。さあ、どうするネクロマンサー。二回戦の始まりだ」

「っ!!」

マズい、そろそろ二人の蘇生が完了してしまう……っ!!

このままでは押し切られて負け――

「レイル!!　そこを代われ!!」

「っと、ミスト！」

「早くっ!!」

「わ、分かった」

俺は後ろから聞こえてきたミストの言葉に従い、ミルアとフィルカと共に後ろへと下がる。

そして走ってきたミストは最前線に立ち、魔人との距離を窺っている。

「貴様は……？」

眼中にすらなかった奴がいきなり前に出てきたせいで、やや動揺を見せた魔人。

しかしミストは不敵に笑い、魔人を挑発する。

そして同時に片膝を折って、右手を地面に触れさせた。

「さあ、次は僕が相手をしてやろう。それとも何？　怖いなら逃がしてやってもいいよ？」

「……いいだろう。まずは貴様から始末してやろう――むっ⁉」

挑発に乗ったのか否かは分からないが、ミストを攻撃対象として認識して突っ込んできた。しかし魔人の攻撃はついにミストには届かなかった。

何故なら――地面から無数に飛び出してきた真っ白な光の鎖が、陰陽魔人の肉体をきつく縛り付けたからだ。

「まさかこんな簡単に引っかかってくれるとはね。そしてもう一つ」

「な、何だこれは……力が、入らな――がっ⁉」

「この剣で封印して、一丁上がりだ」

鎖でガチガチに固められた魔人の胸部――正確には、陰陽の模様を浮かべた球体に向かって鎖と同じ真っ白な剣を突き立てると、魔人の目から光が失われ、動きが完全に停止した。

なんだアレは……あんなの見た事ないぞ……？

「へえ……封魔《ふうま》の鎖と封魔の剣《つるぎ》か。今の時代にそんなものを造れる錬金術師がいたとはね……それに死者蘇生の能力者、そして人と共に歩む魔族……」

「何をブツブツ言っているんだ？　まだやるというのなら、次はキミも同じように封印してやるからな」

「ふっ、ふふふっ……良いだろう。キミたちに興味が湧いた。特別にここを通してやろう」

……なんかよく分からないうちに、決着がついてしまった。

ミストが僕に任せろというから任せてみたら、俺たちがああも苦労して戦った敵を一瞬で倒した上に、アルティマから通行の許可まで獲得しやがった。

まあ、勝ったなら良し、か。

## 二十話　ネクロマンサー、新たな仲間（？）を手に入れる

「――ただし、条件がある」

狭間《はざま》の神塔《しんとう》の管理者アルティマは、陰陽魔人を打ち倒した俺たち四人に向かってそう切り出した。

間もなくして時間差でフィルカとミルアの蘇生が完了し、意識を取り戻した。

最初こそ戸惑っていたが、俺の能力を知っている二人は陰陽魔人の姿を見て、勝利したことを理解したようだった。

二人が落ち着いたのを見て、俺は再びアルティマに問い返す。

「条件、だと？」

「ああ、そうだとも。条件だ」

「……断る、と言ったら？」

直後、空気が凍り付いたような緊張感に包まれる。

思わず武器《けん》に手が伸びた。

「へぇ……そんなセリフを吐く余裕、果たして今のキミたちにあるのかな？」

「……陰陽魔人は、倒した。次はお前が戦うというのか？」

「ふふっ、さて、どうだろうね……試してみるかい？」

「……っ!!」

アルティマが笑う。俺たちを見て、笑った。

得体のしれないものが背中を這うような、嫌な感触が襲ってくる。

お前たちの命はボクの手の中にあると、そう言われているような気分だ。

「……レイル、やるかい？」

「――いや、やらない。試しに聞いてみただけだ。素直に従うとは限らないが、戦うのは悪手《あくしゅ》だ」

「賢明な判断だね。といってもそんなに難しい条件じゃないさ。ただボクが用意した人物を一人、連れて行って欲しいだけさ」

「……？」

「ほら、この子だよ」

パチンッ、と指を鳴らす音が静かな空間に響く。

何をしたんだ……？

状況が呑み込めず、俺はただアルティマの次の言葉を待っていた。

「——なっ⁉」

だが、その前に聞こえたのはミストの驚きの声。

俺は慌てて振り返ると、そこには鎖に繋がれたはずの魔人の姿が——っ⁉

「バカなっ……僕の鎖を消した、だとっ……？」

なかった。いや、陰陽魔人はそこにいる。だが、ないのだ。

先ほどまで奴の動きを完全に封じていた鎖と、その胸に突き立てた剣が。

しかも意識を取り戻したどころか、呑気に肩をぐるぐると回して元気そうではないか。

「あぁ、気に病むことはないよ、錬金術師くん。封魔の鎖と剣を造り出すキミの技術は素晴らしい。神代の頃でもアレを造れる人間はそうそういなかったよ」

「お前は、何者なんだ……？」

「……僕はアルティマ。今はただの、塔の管理者さ。さて、陰陽魔人——フォルニス」

「……アルティマ様。申し訳ございません。お見苦しいところを——」

「気にする事はないさ。この子たちはどうやら特別なようだ。あぁ、とりあえず元の姿に戻って構わないよ」

「はっ。承知いたしました」

元の、姿……？

そう思っていると突如、陰陽魔人フォルニスの体が闇色の光に包まれていき、その光が晴れるとそこには長身の青年が一人、こちらの様子を窺いながら立っていた。

「……っ⁉」

驚いたのは、その姿。

人間族に多い肌色の皮膚と、魔族特有の青紫色の皮膚。

赤と黒のオッドアイに、髪色は右が金色、左が黒色のツートンカラー。

そして左側には立派な角が一本、後ろ向きに生えている。

そう。右半身と左半身がまるで別物なのだ。

「改めて紹介しよう。彼の名はフォルニス。種族でいうならば魔人族にあたるかな」

「――人間と、魔族のハーフなのか？」

「ほうほう、それは興味深いね。その体、是非僕に詳しく調べさせ――んぐっ⁉」

封魔の鎖と剣を消された驚きと怒りはどこへやら。

フォルニスの姿を見て研究者欲を擽《くすぐ》られたミストが奴に近づこうとしたので、一旦黙らせて止めておく。

俺たちの言葉を受けたフォルニスは、若干眉を顰《ひそ》めたような気がした。

「――当たらずとも遠からず、と言ったところかな」

「どういうことだ？」

「ふふっ、それはいずれ分かる時が来るさ。ただ一つ言えるのは、キミの考えは根本が間違ってい

る、かな」

……よく分からないが、今はそれを考える時間ではないか。

って、なんかさっきからぽかぽかと殴られているような——あっ。

「——っは！　酷いじゃないか、レイルっ‼」

「わ、悪い……」

ミストの顔を押さえたまま離していなかったので、どうやら俺は無意識の内に彼を窒息死させようとしていたらしい。

慌てて手を外すと、ミストが抗議の視線を送ってきた。

許せ、わざとじゃない。

「……ねえ、レイル。いまいち状況が呑み込めないのだけど」

意識を取り戻してから若干ボーッとしていたフィルカが話しかけてくる。

状況が呑み込めていないのはミルアも同じのようで、こちらに説明を期待する視線を向けていた。

「正直俺も混乱しているが、どうやらこの陰陽魔人ことフォルニスを連れて行くことを条件に、ここを通してくれるらしい」

「そう……良かった、のかしら？」

「……多分な。これ以外の選択肢は今のところなさそうだ」

「分かりました。とりあえずレイルさんに任せても大丈夫ですか」

ミルアの言葉に、俺は軽く頷く。

「さて、フォルニス。キミに与える命令は一つ。彼らと共に魔界へ赴き、今魔界がどのような状況にあるのかを見てボクに報告する事、だよ」

「……承知いたしました」

「おや、ちょっと不満そうだね。何か引っかかる事でもあるかな？」

「い、いえ、そのようなつもりは決して……」

「遠慮する事はないよ」

「……では。アルティマ様、彼らを魔界へ行かせるのは、今からでも考え直された方がよろしいかと。かの地への道を開くのは、アルティマ様も本意ではないのでは？」

「まあ、そうだね。キミの言う事はもっともだ。しかしキミを打ち倒すほどの実力と、彼らのこの先の道に興味が湧いた。それに――何か、嫌な予感がするんだよね」

「予感、ですか」

「そう、予感だ。彼らの旅路の先で何か大きな災厄が近づいているような、そんな予感。予知でも何でもない、ボクの勘さ。その勘を証明してもらうために、キミの力を借りたいのさ。これじゃあダメかな？」

「――いえ、アルティマ様がそうおっしゃるのであればこのフォルニス、必ずやその命を果たしてみせましょう」

「相変わらずお堅いなぁ。なに、ちょっと旅行に行くくらいの気分でいいんだよ。もう随分と長い事ここから動いていないからね」

俺はアルティマとフォルニスのやり取りを黙って聞いていた。

俺たちの旅路の先に大きな災厄が迫っているなどと言う不穏な言葉は聞き逃せないが、とりあえずまた陰陽魔人との戦闘になるような事はなさそうで良かった。

それから二人はしばらくぼそぼそと会話をしたのち、こちらへ振り返る。

「──さて、お待たせしたね。約束通り魔界への道を開こう。深淵を覗く覚悟はできたかな?」

「……ああ。そのつもりで俺たちはここに来た」

「よろしい。それじゃあ、行ってらっしゃい。案内役はフォルニスに任せるよ」

「はっ」

フォルニスの返事と共に、狭間の神塔の重そうな扉がゆっくりと開かれた。

「……こちらだ。ついてくるがいい」

俺たちはフォルニスのその言葉に頷き、入口へと歩き出した彼の後を追う。

最後までアルティマの正体を捉えきれなかったが、手を振って俺たちを見送ってくれているのを見る限り、嫌な奴ではないんだろうなと言うのは伝わってきた。

「……さて、ボクの行動が吉と出るか凶と出るか。願わくば前者であって欲しいものだね」

扉が閉まる直前、アルティマの呟きが聞こえたような気がした。

## 二十一話　ネクロマンサー、魔界に到達する

開かれた道。

外壁と同じ薄暗い青色の照明が灯るその空間は、先ほどまでのダンジョンとはまた違った雰囲気だ。

静寂に包まれたフロアに、俺たち五人の足音が響く。

「……地上の建物とはだいぶ造りが違うね。ダンジョンもそうだけど、一体いつの時代にこんなものが造られたのかな」

「ダンジョン・グランドーラ及びこの狭間の神塔は今からおよそ五千年前に造られたものだ」

「あれ、答えてくれるんだ。てっきり聞いても教えてくれないと思っていたよ」

「ある程度ならば話してもいいとアルティマ様に許可をいただいている」

「へぇ、じゃあキミたちの正体については――」

「それは今は話せない。だがいずれ知ることが出来よう」

「ふーん……」

話の流れで同行する事になった魔人族（？）のフォルニスだが、掴みどころがないと言うか近づき難いと言うか、なかなか距離を縮めるのに苦労しそうなタイプだ。

とはいえミストの何気ない呟きに反応して教えてくれたあたり、嫌な奴ではないのだろう。

「レイル、ここまで来れば多分もう少しよ」

「そうなのか？　魔界のダンジョンと共通点があったりするとかか？」

「ええ。同じような塔があったわ」

「なるほどな」

いろいろあったが、ついに魔界まであと少しと言うところまで来たのか。

今更だが人間の俺たちが軽々しく行って大丈夫な環境なのかとか、向こうに行ってから何をすればいいのかとか、先の見えない不安はある。

だが俺は視線を流して他の四人の顔を見る。

(俺の中では)最強の魔族少女、天才錬金術師、剣術の天才、そして俺の人生の中で二番目に強かった敵——陰陽魔人。

正直戦力としては過剰もいいところだ。

あのドラゴンにだけはできれば二度と出会いたくはないが、それ以外なら魔界でも十分に通用するのではないだろうか。

と言うか、そう思わないとやってられん。

「……本来ならばこの十階から一階に向けて試練を乗り越えながら進んでもらうのだが、今回はアルティマ様のご意向でそれを省略する」

「お！　それは助かるね！　これ以上歩くのは怠《だる》かったし。ねえ、レイル」

「ん、あぁ、そうだな……しかしどうやって省略するんだ？」

「これを使う」

「……？」

フォルニスは部屋の中央にある大扉に手を触れると、何やら魔力のようなものを流し込む。

するとフォルニスの手のひらを中心として、扉に刻まれた模様に青い光が走る。

ゆっくりと扉が開いていくと同時に内部の照明が灯り、現れたのは接地していない巨大な鳥かごのようなものだった。

「さあ乗れ。下へ案内しよう」

「乗れって、これに？」

「無論だ」

これ、乗り物だったのか……

近づいてよく見てみると、天井からぶら下がっているという訳でもないらしく、完全に空中浮遊しているようだった。

これに乗った瞬間、奈落の底まで真っ逆さま！　という罠だったらと考えると、足を乗せるのは躊躇《ためら》われる。

「……行かないの？　ならわたしが先に乗るわ」

「あ、ちょっ、フィルカ」

「……大丈夫、みたいですね」

「そ、そうだな……」

恐れる事なく鳥かごの中に足を踏み入れたフィルカだったが、そのまま落下するという事は起こらず普通に立っている。

ミルアも俺と同じ不安を抱いていたようだった。

大丈夫そうだという事が分かったので彼女に続いて乗り込――もうとしたところで、ミストに割り込まれた。

その後に乗って、これで全員だ。

案の定ミストは乗り物に興味津々で、早速フォルニスに対して、これは何なのかと尋ねていた。

フォルニスは「見れば分かる」と一蹴《いっしゅう》し、扉を閉じた。

そして次の瞬間――籠が軽く揺れたかと思えば、徐々に下降を始めたではないか。

ただ重力に従って落下している訳ではなく、ゆっくりと速度を制御された状態で、だ。

「凄い、ですね……」

ぼんやりと照らされた各フロアを眺めながら下へ下へと向かう。

その光景はどこか幻想的で、体が妙にふわっと浮くような不思議な感覚も合わさって、別世界にいるような感覚さえ覚えてくる。

ミストが聞きだした情報によると、これは古代の技術を用いて作られた装置であり、下から上へと上がることもできる超便利なモノらしい。

間もなくして、籠はゆっくりとその動きを止めた。

どうやら到着したようだ。

しかしそこは壁沿いに伸びた螺旋《らせん》階段以外は何もない空間。

どう見てもアビスストーンとやらがあるようには見えない。

「本来ならば……お前たちにはここで我と戦ってもらう予定であったが、今回限りはそれも省略しよう」

「なんだ。フォルニスはここのボスだったのか。じゃあ入口に現れたのは――」

「……アルティマ様がお前たちに興味を示したからだ。普通であればあの方は、人間の前に姿など現さぬ」

「ふーん。別に僕はもう一度戦ってもいいけどね。また封魔の剣で封印するだけだしね。今度はあの反則チート野郎もいないし」

「反則チート野郎、だと……？　アルティマ様を侮辱《ぶじょく》するような発言は控えてもらおう。あのお方は人間や魔族の尺度では測れぬ偉大なお方なのだ」

フォルニスから怒りのオーラのようなものが噴き出し、こちらに対して威圧感を与えてくる。

どうやらフォルニスが抱くアルティマに対する崇拝の心は相当なモノのようだ。

「おお、こわこわ。分かったからそんなに睨まないでくれ」

「……それにあのような不意打ちで我に勝ったと思われるのは癪《しゃく》だ。いずれ決着をつけてくれよう、人間の錬金術師よ」

「だってさ、レイル。サクッとやっちゃおうよ」

「何故俺に振るんだ。俺はもう戦いたくないからお前一人で頑張れ」

「えー……封魔《あれ》シリーズを造るには、錬金中に僕を守ってくれる壁がいないと困るんだけど」

「ふざけんな、誰が壁だコラ」

そんな冗談を交わしながら、俺たちは動き出したフォルニスに続く。

そしてフォルニスが何か一言呟いたかと思えば、何もないところから金色の宝箱が姿を現した。

そのまま箱に手をかけ、開けた。

そこに入っていたのは紫色に光る拳《こぶし》大の結晶。

数は五個。ちょうど人数分だ。恐らくフォルニス側で数の調整をしたのだろう。

隣に立つフィルカへと視線を向けると、彼女は小さく頷いた。

「間違いないわ。あれがアビスストーン。わたしが持っていたものと同じよ」

「そうか。あれが……」

「……魔族の少女よ。やはりお前はアビスストーンを用いて人間界へ来たのだな。魔界のダンジョンの守りは一体どうなっているのだ……」

「ダンジョン自体はそれほど難しくはなかったわ」

頭に手を置きため息を吐くフォルニスに、挑発ともとれる発言をぶつけるフィルカ。

それに反応することなく、ただ「受け取れ」と、アビスストーンを俺たち全員に配るフォルニス。

思ったよりも頑丈そうだ。ちょっと落とした程度では壊れそうにない。

「このアビスストーンは、同座標の反対の世界へと自身を転移させる神器だ。念じて魔力を籠める事で使用できる。やってみるがいい」

そう言われて、右手のひらで握りしめたアビスストーンに意識を集中させる。

そして魔力を籠めると、結晶から黒い霧のようなものが発生して、徐々に俺の体を包んでいく。

やがて視界が闇に包まれ、体が地面に吸い込まれるような感覚に襲われ——気付けば俺は、大空の下で一人、突っ立っていた。

「……成功したようだな」

遅れてフォンケルたち四人が、俺の近くに現れる。

薄暗い空だ。俺たちの世界とは明らかに異なる、紫色の雲に覆われた空。

どこか空気が重く、若干息苦しい。

どうやら俺たちは、高い建物の上にいるらしい。

顔を上げて見てみると、広大な砂漠のような景色が広がっており、少し視線をずらせば森のようなモノも見えた。

そして振り返る。見た感じ塔の最上階のような場所なのだが——ッッ!?

「な、あ、あれは……」

円形のフロアの中央。そこに鎮座する一体のドラゴン。

どうやら眠りについているようだが、間違いない。

「ふぃ、フィルカ」

「魔障竜、ね。わたしが来た時も、ここにいたわ」

「……そもそもここはどこなんだ？　同座標の反対の世界に転移できるとか言っていたから、ここは魔界のダンジョンじゃないのか？」

「ここはダンジョンで間違いないわ。わたしが知っている魔界のダンジョンはこれよ」

「そ、そうなのか……とりあえず起こさないように慎重に――って！」

満足に休息が取れていない今、奴と戦うのは絶対に避けたいので、静かに出ていくことを提案しようとしたのだが、フォルニスの奴が魔障竜に近づいていってしまう。

あまり大声を出せないので、どう呼び戻すか考えていると――

「貴様、こんなところで何をやっている。さっさと起きるがいい！」

「ちょっ、おまっ――」

フォルニスは魔障竜に向けて手をかざしたかと思えば、悍ましいくらいの威力を誇る黒き雷を魔障竜に向けて撃ち落とした。

「ガアッ⁉　オォォッ‼」

ほれ見ろ、目を覚ましたじゃねえか！

ダメージはほぼ受けていないようだが、驚いたのか魔障竜は飛び起きて空へと上がる。

そして着地。相変わらずの鋭い目でこちらを睨みつける。

「ようやく起きたか。どういう訳か説明してもらおうか――むッ⁉」

「ガアァァッ‼」

「っ、ちょっ⁉」

寝起きで機嫌が悪いのか、激しい雄叫びを上げると同時に凄まじい風圧をこちらに向けて放って来た。

俺はもちろん、フィルカたちも全員激しく後方へと吹き飛ばされたのだが、後方には床なんてものは当然ない訳で――

「嘘だろおおおおおっ!!」

体勢を立て直すこともできず凄まじい勢いで塔の外へと弾き飛ばされた。

このままじゃ死ぬ！

どうやって凌ぐかとあれこれ考えが浮かんでくるが、その中で一番現実的な方法を思いつく。

毎度おなじみ回復魔法をかけ続けて耐える。

迫りくる地面を見ながら、これから俺を襲うであろう痛みに向けて歯を食いしばった……

## 幕間　勇者、己の愚かさを知る

レイルが魔界へ降り立つ二日前。

ゼルディア王国王子にして、人類の希望こと勇者ラティル率いる勇者パーティは、神託により王国内のとある町が魔族に襲撃されているという情報を得て、出発の準備を整えていた。

前回の襲撃からほぼ時間が空いていない上に、直接町に攻め込まれたのは初めてだというのに、こんなこともあるのだろうと三人は納得している。

楽観的な彼らは決して、それが何かの予兆である可能性など考えもしない。

「ねえ、結局空いたレイル《アイツ》の枠、埋めなくていいの？」

「とりあえずは必要ないだろ。俺たち三人がいれば十分だ」

「まあそれもそうね」

艶のある赤髪をツインテールに纏めた小柄な魔法使い少女フィノの言う通り、ネクロマンサーのレイルを追放して以降、メンバーは補充されず三人のままだった。

一方で明るい金色の髪を短く切り揃えた（見た目だけは）好青年の勇者ラティルは、これ以上メンバーを増やす必要はない、と考えていた。

その様子を見ながら黙って歩いているのが、薄い茶髪を長く伸ばした長身の聖騎士アークだ。

「ところでさ、アイツの蘇生能力って実際どうなんだろうな」

「嘘なんじゃない？　流石に似たような能力は持ってるだろうけど、死んだ人間を生き返らせるなんてインチキ臭いしね」

「まあ僕たちが魔族にやられて死ぬなんてことはないだろうけど、もし本当なら万が一の保険として連れていた方が良かったかもしれない。　もう手遅れだけど」

「だな。今更戻ってこいとか言うなんてダサいにもほどがあるし、そもそも言い訳ばかりで役に立っていなかったから、別にいなくてもなんとかなるだろ」

「さ、もういなくなった奴の事なんて忘れてさっさと町に行って仕事済ませるわよ！」

「だな」

「そうだね」

もう二度と関わることはないであろうレイルの話題はこれまでにして、さっさと転送門を介して目的地へと向かう事で話が一致した。

彼らはレイルの手によって幾度となく蘇生されていたことをまだ知らない。

◇◇◇

「見つけたぞ、魔族！　覚悟しろ!!」

彼らが到着した時点で、町は既に複数の魔族の手によって荒らされており、至るところから煙と悲鳴が上がっていた。

そしてそのうちの一体を発見し、勇者らしく堂々と剣を突き出し戦闘の意思を示した。

「来たか、勇者……ん？　どうやら一人足りないようだが」

「何故その事を知っている——いや、そんなことはどうでもいい！　行くぞフィノ、アーク!!」

「任せて！」

「ああ、分かっている！」

大地を勢いよく蹴り、ラティルが剣を構えたまま走る。

その表情には相変わらずの自信に満ち溢れており、最初の一撃で決めてやろう、という意思すら感じた。

だが、

「フッ、遅い」

名も知らぬ魔族は軽々とその体を空中へと浮かし、頭上に作り出された五つの火球が円を描くように回転する。

火球は徐々に勢いを増し、巨大火球へと成長。

そして魔族の口角が吊り上がると共に、凄まじい勢いで標的に突き刺さった。

「あたしを忘れてもらっちゃ困るわね!!」

だが後方にて全く同じ――いや、数が二つほど少ない火球を生成していたフィノが、魔族のそれとの相殺を試みる。

これがフィノの最大威力を誇る魔法でありながら、相手の魔族はそれを軽々と越えてきたのだが、フィノは気に留める事なく三連火球の魔法を解き放った。

「……フッ」

ラティルの頭上から迫っていた二つを相殺、そしてこちらへと飛んでくる三つのうちの一つを消すことに成功――だが当然残り二つは健在だ。

だがフィノは、退かない。

何故ならば、大盾を構えてその間に割り込んだアークがそれらを完全に受け止める事を信じていたからだ。

どうだ、と言わんばかりの三人の様子を見ながら、着地した魔族は不敵に笑う。

「クク、確かに見事な連携だ。全て情報通りよ。そして何より――あの最も厄介なネクロマンサーがいないっ……!!」

「……なんだって？」

「今まで何度あの男に計画を阻害されたことか……だが今回はその心配も不要となった。勇者共よ、覚悟するがいい!!」

「っ!?」

◇　◇　◇

「嘘だ……嘘だ嘘だ嘘だっ!!」

片手で口を押えて声を殺しながらも、なお漏れ出るほどの大声で否定する。

その目からは痛みと恐怖による無意識の涙が流れており、もう片方の手は胸に刻まれた深い切り傷を押さえていた。

それ以外にも、至るところに傷や火傷の跡があり、もはや瀕死と言ってもいいくらいだ。

遠くからは爆発音や、建物が倒壊する音が聞こえてくる。

すぐ近くに、魔族がいる。俺を探している。

故に気付かれないように慎重に、だが急ぎ足で町の転送門へと向かった。

そう。勇者ラティルは、逃亡したのだ。

あの戦いとすら呼べぬ一方的な蹂躙に恐れをなし、全力で逃げ出したのだ。

あの魔族は、強かった。手も足も出なかった。

聖騎士アークの絶対的防御をあっさりと貫き、魔法使いフィノの攻撃魔法は全く通用せず、勇者ラティルの剣の一撃はその体に届く事すらなかった。

三人は徐々に負傷を重ね、そしてついに彼の目の前で盾を失い無防備になったアークの腹を、魔族の魔法で強化された腕が貫き、アークはあっさりと殺された。

それに動揺したフィノの魔法が暴走を引き起こして建物を破壊したことで、瓦礫《がれき》と煙で視界が遮られ——

「に、逃げるわよ、ラティル‼」

自分たちでは絶対に敵わないと、とっさにそう判断したフィノがラティルに提案する。

彼はすぐに頷き、二人は大急ぎで逃げ出す事となる。

今までも味方の死を目の当たりにして逃げ出そうとしたことは何度もあったが、結局は逃げ切れずレイル以外は殺されていた。

しかし今回は複雑な構造をしている町の中。逃げ切れる可能性は、ある。

ラティルはどちらかだけでも生き残ろうと二手に分かれる事を提案し、今に至る。

「本当っ……だったんだ！　アイツが、レイルが俺たちを何度も蘇生していたのは、本当だったんだっ……‼」

思い浮かぶのは、あのいけ好かない黒髪の男。

魔族の言葉と、この圧倒的敗北を目の当たりにして、ラティルはようやく気付いたのだ。

レイルの言葉は全て真実であり、自分たちは何度も彼に助けられていたのだと。

そうでなければ、今までの敵と大差ないであろうあの魔族に手も足も出ない自分たちが、過去の戦いを全て無傷で勝利を収めていたなんて事が、あり得るはずがない。

そんな簡単な答えに、今まで気付けなかった。いや、気付こうとすらしなかった。

自分たちは選ばれし者であり、素晴らしい存在であると傲《おご》り、真実から目を背けていたのだ。

震えが止まらない。無意識に手を伸ばし、助けを乞う。

だが、その先にあの男はいない。

自分たちを助けてくれる、ネクロマンサーの姿はない。

何故なら彼らがもういらないと、レイルを捨てたからだ。

「あっ、あぁっ……あああああっ……」

後悔をしながらも、足は止めない。死にたくない。助かりたい。

今だけでいいから、戻ってきて欲しい。救って欲しい。

そんな自分勝手な思いを抱きながら、愚かな勇者は逃げ道を求めて走る。走り続ける。

そして見えてくる、転送門。

ラティルは救いを求めるように強引に人の波に割り込み、手を伸ばす。

他者の目など一切気にせず、もはや痛みすら感じなくなった体を酷使して転送門へ。

意識がだんだんと遠のいていく。視界が闇に染まっていく。

嫌だ。死にたくない。

助け――レイ――

◇　◇　◇

「……なるほど」

物々しい雰囲気に包まれた玉座の間《ま》に、国王の呟きが静かに響く。

あまりに重すぎる空気。

深い絶望を味わったかの如く、この場にいる人間の表情は重苦しい。

それは王の前で膝をつき報告を終えた勇者ラティルも同様だった。

彼は血の気の引いた顔に冷や汗が流れるのを感じながらも、面を上げることが出来ずに父王の次の言葉をただ待っていた。

「たった一体の魔族を前にパーティは壊滅。町は敵の手に落ち、お前はただ一人逃げ帰ってきたと。それで間違いないんだな？」

「……」

「何とか言うがいい！」

語気が強まり、ラティルの体が震え上がる。

同時にあの絶望的な光景がフラッシュバックし、その映像を振り払うように首を振った。

そして恐る恐る言葉を絞り出した。

「お、おっしゃる通り、です……」

そう。結果として勇者ラティルは生き残った。

転送門を起動すると同時に意識を失うも、何とか王都に辿り着いて治療を受けた。

大衆の希望であるにもかかわらず、満身創痍《まんしんそうい》になった姿を人々に晒して彼は一人、逃げ帰ってきた。

「もはや呆れてモノも言えぬ。神は何故ラティルを勇者に選んでしまわれたのか……」

何故俺が勇者に選ばれてしまったのか。

深い絶望を味わったばかりのラティルも今、疑問に思っていた。

他にもっと相応しい人間がいたのではないか、と。

今までならば決して辿り着かなかったであろう考えだ。

今まではラティルは自身が神に選ばれた特別な存在であることに誇りを持ち、それを支えに今日まで生きてきたのだから。

しかし実際はどうだ。

メンバーの一人を脱退させただけで、たった一体の魔族に手も足も出ない始末。

勇者であり、リーダーであり、最強であるはずの自分が。

あの男《レイル》がいないだけでこれほどまでに弱く、情けなくなってしまった。

目の前でアークを殺され、フィノも戻ってきていない。

そんな仲間二人すら守れない勇者なんかに、人類を護る事なんてできるのか。

否。不可能だ。

「……こうなっては致し方ない。レイルも戻ってこない以上、何とか他国の勇者に協力を仰ぐしかない、か。そしてラティル」

「は、はい……」

「今日よりお前を我が国の勇者としては扱わない事とする。このような失態を晒してしまった以上、もはやその名に意味はないだろう。同時に、お前の王位継承権を剥奪《はくだつ》する。当分大人しくしているがいい」

「そ、そんな……」

「……何か、異論でもあるというのか？」

そう言われると、言葉に詰まった。

この場を切り抜ける最適な言葉が出てこない。

結局ラティルは一切反論できぬまま、頷く事しかできなかった。

「状況は非常に良くない、が！　何とかして切り抜けなければならない。これより緊急の会議を――」

もはや父王の言葉など耳に入ってこない。

何で俺がこんな目にあわなければならない。俺が何をしたというんだ。

――この先の戦いにお前は必要ない！

あぁ、あの時あんなことを言わなければ良かった。

いや、そもそも与えられた力だけで満足せず、その力を使いこなせるようにもっと自分を鍛えていたら……

たらればの後悔はいくらでも浮かんでくる。

だが、それらはすべて後の祭り。

今更反省したところで、何一つ取り返しがつかない。

もう誰も、彼を勇者としては見てくれない。

「あぁ……」

自分の中の何かが折れるような音が聞こえた。

ラティルは本当の意味で、勇者としての全てを失ったのだ。

## 二十二話　ネクロマンサー、助けられる

「ってえ……」

勢いよく硬い地面に叩きつけられたせいで、全身に激しい痛みが走る。

意識が飛んでいきそうなところを何とか抑えて、俺は回復魔法を更に重ねかけた。

徐々に骨や肉の損傷が回復していき、十数秒後には元の状態へと戻すことに成功した。

とはいえまだ痛みが完全に引いた訳ではないので、しばらく大人しくしていたいのだが、

「それより先に……」

まだぐらぐらする頭を抱えながらも、仲間たちを助けるために周囲の様子を窺う。

どうやら俺たちが飛ばされた先は魔界の森の中らしく、不健康そうな色をした樹皮を持つ巨木が

ところ狭しと並んでいた。

近くには、俺が衝突したせいで折れたであろう太い枝が転がっている。

頑丈そうなフィルカやフォルニスはいいとしても、人間のミストとミルアの二人があんな勢いで叩きつけられて無事でいるとは思えない。

生きているなら早く治療してやらなければいけないし、死んだのなら時間切れになる前に蘇生してやらなければならない。

時間制限的にできれば前者であって欲しいが、二人はどこへ飛ばされてしまったのだろうか。

恐らくそう遠くない場所のハズなのだ——が？

「……なんだ、今の声は」

グルル……と、凶暴そうな生物が唸る声が聞こえた気がする。

そうだった。つい先ほど確認したばかりではないか。

ここは魔界の森の中。どんな危険が待ち受けているのか分からない、未知の領域だ。

「……頼む」

見つからないでくれ、と祈りながら、俺は声の主がいる逆方向へ向けて、そっと歩き始めた。

だが……後ろから何か重たいものが倒れる音が聞こえて慌てて振り返る。

あぁ、終わった。

直感でそう思わされるほどの雰囲気を持つそれ。

たとえるならば虎と狼を足して二で割ったような、見るからに肉食獣と言ったオーラを纏う四足歩行の魔物だ。

その肉体からは魔障のような紫色の霧がじわじわと噴き出しており、鋭い牙と真っ赤な眼が狩人の形相を構成していた。

マズい。非常にマズい。

フィルカが飛ばされた方角はどっちだったか。

急いで助けを呼ばないと、みんなを助ける前に俺が死ぬ。

とりあえず逃げなければ、とそんなことを考えている内に奴の目が妖しく光り、こちらに向けて猛スピードで突撃を仕掛けてきた。

「ちっ……」

爪だろうが牙だろうが、どちらの一撃も喰らいたくはない。

俺は恐怖心を抑えながらギリギリまで動かず、奴を引き付ける。

そしてここだというタイミングで地面を蹴り、転がるように回避。

すぐさま体勢を立て直し、奴に向かって走った。

逃げても追いつかれるだろうし、攻めの一手を。

跳び上がって無防備になった腹に向けて、剣を突き立てる。

もらった！　そう、思っていたのだが、

「な、にっ!?」

この野郎……空中を蹴って方向転換してきやがった。

今度は逆に俺が無防備な姿を空中に晒した事になってしまい、鋭い牙が俺に突き刺さる——そう思って歯を食いしばっていたのだが、その牙が俺に届く事はなかった。

「……？」

受け身を取りながら着地をし、起き上がる。

何事かと見てみれば、魔物が倒れこみ痙攣《けいれん》しているではないか。

体を動かそうにも立ち上がる事すらできない様子。

「そこの君！　こっちだ！　早く!!」

「っ!?」

「ほら、早くっ!!」

若い男の声。その先にいたのは、鮮やかな金色の長髪を持つ魔族の青年だった。

一瞬思考が停止してどうすべきか分からなくなったが、魔物の痙攣がだんだんと弱くなっていくのを見て、ここにいるのは危険と判断して彼の下《もと》へ走ることにした。

そして追いつくと、彼は「こっちだ」と誘導してきたのでそれに大人しくついていく。

しばらく走り、近くに生物の気配がない場所に辿り着くと、ようやく彼は足を止めた。

「ふぅ、危なかったね。アレはアクリドミと言って、この森の中でも結構強い部類に入る魔物なんだ。無事で良かったよ」

「あ、あぁ……助かったよ。ありがとう」

「うん、気にする事はないよ。そんな事よりさ、君——人間だよね？」

「……ああ」

魔界に入ってから使う予定だった、ミスト手製の見た目を魔族にする魔道具は、まだ未装着。暇がなかったので致し方ないが、今の俺は普通の人間の見た目そのものだ。

この状況、魔界における人間の扱いがどんな感じなのかによって対応が変わってくるが……

「ふふっ、そう警戒する事はないよ。突然大きな音がしたからとりあえず来てみたけど、まさか人間を見ることが出来るとは思わなくてね。ちょっと驚いただけ」

「そうなのか」

「おっと、自己紹介が遅れたね。オレはヴィクト。見ての通り魔族さ」

何と言うか、随分フランクな奴だなと言うのが第一印象だ。

まあお堅い奴よりはやりやすくて助かるが……

「……俺はレイルだ。よろしく、で、いいのか」

「うん、よろしくだね。さーて、せっかくだから君にはいろいろ聞きたいことがあるんだけど……こんなところで話すのもなんだし、良かったらオレたちの拠点に案内しようと思うんだけど、どうかな？」

拠点、という言い方に少々引っかかるが、今のところ敵意は感じ取れないしついていくのも悪くない選択肢だと思う。

しかし俺一人で行く訳にはいかない。俺には四人も仲間がいるのだ。

「すまないが、今はついていくわけにはいかないんだ」

「おっと、何か用事でもある感じかな？」

「用事と言うか、他に仲間がいるんだ。そいつらと合流したい。なるべく早く」

「ふーん……よし！　じゃあオレも付き合おう！　それでどうだ？」

どうするか……正直このままヴィクトについてきてもらった方が俺としては都合がいい。

何をやったのかは知らないが、あのレベルの魔物を抑えつける力は持っているようなので、非常に心強い。

だが、彼を完全に信用しきるには怖い部分が大きい。

ミストのようなマッドなタイプだった場合、連れ帰って実験の被検体に――なんて可能性だってゼロではないのだ。

少しの間考えて、結論を出すことにした。

「……分かった。お願いするよ」

「オーケー！　そう来なくっちゃね！」

彼と共に行動をしつつも警戒は緩めないようにするという中間択の答えを出した。

よく言えば都合がいい選択、悪く言えば問題の先送り、といったところだろうか。

とりあえず今はミストたちを救出する事が最優先だ。

何とか無事でいてくれることを信じて、俺たち二人は急ぎ足で森を探し回る事となった。

# 二十三話　ネクロマンサー、フィルカと合流する

「やっと追いついたわ、レイル」

ヴィクトと歩き始めてから僅か数分後。

聞き慣れた女声に反応して足を止めると、そこには美しい金髪を持つ人間の女性――魔道具によって姿を変えたフィルカが、こちらに向かって走ってきた。

服にはところどころ土ぼこりなどがついているものの、目立った外傷のようなものは見当たらないので、どうやら上手く対処できたようだ。

もともとフィルカとフォルニスに関しては全く心配していなかったので、何故無傷なんだっ⁉と驚くような事はないが、一応は安心した。

「――っ⁉　彼女は……君の仲間なの？」

「……？　ああ、そうだがどうかしたのか？」

「いや、オレの知り合いに彼女によく似た人がいるもんで、少しびっくりしたんだ。でも人間だし違うよな……」

フィルカの姿を見て何故か動揺したヴィクトは、顎に手を当てながら彼女の姿を無遠慮に観察し始めた。

その様子を疑わしげに見ていたフィルカは足を止め、呆れたようにため息を吐く。

「……何をしているの。ヴィクト」

「——えっ⁉」

俺とヴィクトの声が重なった。

一瞬思考が停止し、フィルカが魔界の住人であることが頭から抜けてしまっていた。

数秒後、ようやくその事を思い出し、ヴィクトの言う知り合いがフィルカであるという答えに辿り着く。

「なんだ、フィルカ。ヴィクトと知り合いだったのか」

「知り合いも何も、ヴィクトはわたしの弟よ。知っているのは当然だわ」

「へぇ、弟……って、姉弟だったのか！」

「ちょっ、ちょっと待てって！　確かにオレの姉さんはフィルカって名前だが、フィルカ姉さんは間違いなく魔族だ。見た目はよく似ているが、彼女はどう見ても人間だろう⁉」

「ん、忘れていたわ。レイル、取ってもいい？」

「え、あ、ああ……」

空返事になってしまったが、フィルカはごそごそと服に手をかけて、付けていたブローチ型変装魔道具を取り外す。

すると彼女を覆っていた変装が見る見るうちに解かれていき、だんだんと真の姿へと戻っていった。

「お、おぉ……マジかよ……」

ヴィクトは信じがたい光景を目の当たりにして、声を漏らしていた。

人間だけではなく魔族もしっかり騙せるあたり、流石ミスト製と言ったところだな。

そう考えると、あっさりとフィルカの変装を見破ったアルティマの正体がますます気になってくる。だが、今はそれを考えている時間ではなかったな。

「まさかフィルカ姉さんが人間に化けた上、人間を仲間にして戻ってくるとはね……どういうことか是非詳しく聞きたいんだが――」

「ダメ。先にミストたちと合流してからよ。それにわたしもあなたにいろいろ聞きたいことがあるわ」

「オーケー、まだお仲間はいるんだね。じゃあさっさと見つけちまおう――と言っても、姉さんはとっくに見つけているんでしょ？」

「そうね。どこにいるかはもう分かっているわ」

「……どういうことだ？」

何故フィルカがミストたちの居場所を分かっていると言ったんだろうか。

流石にこの短時間で彼ら全員を見つけたとは思えないし、そもそも見つけたのなら一緒に行動しているはずだ。

「ん、あぁ、何だ。レイルくんは知らないんだ。フィルカ姉さんの眼はちょっと特殊でさ、普通の奴には見えないモノが見えるんだ」

「……ヴィクト、その言い方は語弊があるわ。私は遠くにある気配みたいなものを追うことが出来るだけよ。どの方角のどれくらい先に自分の知っている存在があるのかを知ることが出来る。そう言う不思議な力が私にはあるの」

要は距離が離れていても探し人がどの辺にいるのかを掴むことが出来る能力という訳か。

……そう言えば旅立った日に何故かフィルカがダンジョン・グランドーラがある場所を言い当てた事があったな。

アレはフィルカが魔界もしくはダンジョンの気配のようなものを知っていたが故に見つけられたという訳か。

「随分といい能力を持っているんだな、フィルカ」

「ねー、羨ましいよね。オレもそんな便利な能力《チカラ》が欲しいもんだ」

ヴィクトがそう言ったのでそれに同意を示そうとしたら、フィルカが軽くため息を吐いてこう言った。

「あなたも同じ能力を持っているでしょう」

と。

どうやらその能力はフィルカの一族の人間ならほぼ皆が有しているモノらしい。

……ちょっと待て、という事は。

「……おい、ヴィクト。お前、最初から分かっていただろ」

「う……ごめんごめん、別に騙すつもりはなかったんだって。フィルカ姉さんと、他に何人か知らない気配を感じたから追ってきたら、先に君を見つけちゃったから、とりあえず様子見しようと思っただけ！　本当！」

「その割にはわたしを見つけた時、随分驚いていたわね」

「いや、そりゃそうでしょ！　フィルカ姉さんの気配を追って来たら、まさかのよく似た人間がいたんだからそりゃ驚くって！」

「……まあいいわ。レイル、行くわよ」

「ああ、分かってる。ところでミストたちが無事なのかとかそう言うのが分かるのか？」

「まだ気配を感じているから生きているのは間違いないわ。でも怪我をしているかもしれないから、回復役のレイルと最初に合流したの」

「合理的だな。とりあえず、急ごう」

「そうね」

「あ、ちょっ、待ってくれって！」

悪意がないとはいえヴィクトに騙されていたことを見抜けなかったことについて反省しつつも、同時に早い段階でフィルカと合流していろいろと知る事が出来てラッキーだとも思った。

言われるまで気付かなかったが、フィルカとヴィクトの容姿は確かに似ている。

改めて彼女が何者なのかを詳しく知ることが出来そうだと期待しつつ、先を急ぐ。

# 二十四話　ネクロマンサー、全員と合流する

「……ヴィクト」

「分かっているよ——っと！」

走っている途中、フィルカがヴィクトに向かってそう声をかけると、ヴィクトはすぐさま右手を挙げて何らかの魔法を発動させる。

直後、木々の間を縫って飛び掛かってきた四足歩行の魔物——アクリドミが数体姿を現した。

ヴィクトの魔法の影響か一瞬空中で動きが止まり、その隙を突いてフィルカの流れるような剣技にて腹が裂かれ、奴らは一体残らず絶命。

（……ヤバすぎるな、コイツら）

流石は姉弟。見ていて惚れ惚れするほど美しく完璧な連携だ。

今回も二人共先ほど言っていた気配を察知する能力で、魔物の接近を即座に理解し、最適な形で仕留めたのだろう。

先ほどから俺の出る幕は一切なく、二人が一瞬で魔物を仕留めてしまうのを眺めているだけだ。

ヴィクトの力は正直未知数だが、あれほど強力な魔物の動きを一瞬とはいえ完全に停止させる能力を持っているという事は、恐らく相当強いに違いない。

何よりあのフィルカの弟だしな。

俺はアイコンタクトを取り合う二人を見て、ちょっとばかり嫉妬が混じったため息を吐いた。

俺の能力はみんながピンチの時にこそ、奥の手として役に立つ。

普段は守られっぱなしなのでそこがムズムズするというか、もう少し貢献したいという気持ちが高まってしまう。

どうしても、まだ勇者パーティにいた時と比べてしまうのだ。

戻りたいとは当然思わないけれど、今の自分の立ち位置に不安を覚えてしまう。

「……レイル、どうしたの？」

「いや、何でもない。行こう」

俺がそう言うと、フィルカは無言で頷いて歩き出す。

一旦余計な思考を放棄してから俺も続き、それからヴィクトが俺の後ろを歩く。

基本的に単体の戦闘能力があまりない俺が、魔族の姉弟に守ってもらうと言った陣形だ。

超危険地帯にいるはずなのに、気分的にはどこよりも安全だと思えるほど彼女たちの戦闘能力への信頼度は高い。

そして魔物を手早く処理しながら進むことおよそ十分。

フィルカが足を止め、こちらへ振り返った。

「ミストたちが近くにいるわ」

「……？　人がいるようには見えないが」

「でも間違いないわ。ここにミストとミルアの気配を感じる」

フィルカにそう言われたので改めて周囲を見渡してみるが、目に映るのは見慣れた魔界の木々が立ち並ぶ風景だけだ。

俺はヴィクトの方へ向いて尋ねてみると、彼は軽く頷いた。

「うん。フィルカ姉さんの言う通り、二人ほどこの近くにいるようだね」

「だとしたら一体どこにいるんだろうか」

「そうね……気配はこの辺から――」

「――よっと！　ふー、良かった、やっと来てくれたね。待っていたよ、レイル」

「ッ!?　な、何だ今のは……」

フィルカが指をさした方角の先。

そこにあった一本の巨木が突如歪んだかと思えば、次の瞬間には緑髪の美青年――ミストへと姿を変えていた。

無事だったことも驚きだが、まさか木に化けているとは思わなかった。

「いろいろ話はあるだろうけど、それより先に！　レイル、こっちへ来てくれ！」

「え、あ、あぁ……」

何やらただ事ではなさそうな顔でミストに呼ばれたので、俺は急いで彼の下へと走っていく。

そしてミストは右手の指を鳴らすと、彼の隣に生えていた木が同じように変化して、やがてそれは桃色の髪の少女――ミルアへと姿を変えていった。

だが彼女はミストと違って倒れており、服も泥だらけだ。

どうやら意識もないらしく、骨が折れているのか腕が歪《いびつ》な方向に曲がっていた。

「ミスト、これは！」

「とりあえず早く治してくれ！　頼む！」

「分かった。ちょっと待っていろ……」

恐らく落下の衝撃で負った傷なのだろうが、まだ死んではいない様子。

俺はすぐさま彼女に手を伸ばして体の様子を確認する。

どうやら結構な数の骨が折れているようだ。

急いでネクロマンサーの回復魔法で治そう――と行きたいところだが、俺は敢えて一旦ミルアから手を離した。

「――どうしたんだ、レイル」

「……悪いが一旦ミルアには死んでもらう。そしてすぐに蘇生だ」

「……なんだって？」

懐疑的な目で俺を見るミストに対して、事情を説明する。

簡潔に言えば、傷が深すぎるのだ。

全身の至るところに傷を負っており、それを一つ一つ治していったのでは時間がかかり過ぎる。

さらに血も結構失っているようなので、傷を治したとしても命が危ない。

ならば一度死んでもらって、蘇生させた際に発生する概念的再生を行わせた方が手っ取り早い。

俺のネクロマンサーとしての能力で死者を蘇生すると、不思議な法則が働くのか、死者は完全な死の対局である完全な生――死に至る直前に負った傷、失ったものが全て回復した状態になるのだ。

だからこそ――

「……分かった、頼む」

ミストが同意したことで、俺は手際よくミルアにとどめを刺した。

これはかつてフィルカに対して行った時と同じやり方だ。

そしてすぐさま蘇生を試みる。青い光が彼女を包んでいく。

「……よし」

結果は当然成功。

絶対に失敗する事はないという自信は持っていながらも、万が一のことを考えるとやはり不安にはなる。

だがとりあえずは上手く行ったようで何よりだ。

「……ぅ、あ」

俺の蘇生を受けたからには、ミルアはゾンビ化して起き上がるという事だ。俺はミルアにその場に立っているようにだけ命令を与えて、ゾンビ化が解けるのを待った。

そして数分後、

「――っ！　ここは……」

ミルアは意識を取り戻した。荒業ではあったが、無事に普段通りの肉体に戻った様子だ。

「……良かった。上手く行ったようだね」

「兄さん、そしてレイルさんも……」

「とりあえず無事で良かった。一応何があったのか教えてもらっていいか？　とりあえず移動しながらな」

「ああ、そうだね。けどその前にフォルニスが戻ってきてからにしよう。さっき合流したんだ」

「フォルニスが？」

話を聞くと、フォルニスは最初一番近くに落下したミルアの下へ向かったそうだ。

なんとか死は回避したものの、重傷を負った彼女を抱えてミストと合流したようだ。

どうやら彼は自己再生能力には優れているが、他人の傷を癒す術は持ち合わせていないらしい。

一方のミストはというと、魔力を籠めると自動で膨らみ巨大なクッションのようになる魔道具を展開する事で、無傷の着地を可能にしたらしい。

「天才錬金術師たる者、たとえ高いところから落ちても大丈夫なように備えておくのが基本だ」

などとよく分からない事を言われた。

とりあえずフォルニスたちと合流したミストは、ミルアを受け取って、なるべく負担が少なくなるように、お手製の魔道具で木に擬態《ぎたい》して隠れている事にしたそうだ。

そして二人が隠れている間に、フォルニスが俺たちを見つけて連れてくる、と言う予定だったらしい。

今回はその前に俺たちが二人を見つけてしまった訳だが、まあどちらにしろ結果オーライだ。

しかし、フォルニスがミルアたちのために動いてくれるとは思っていなかった。

おかげで二人共無事な状態で合流することが出来た。感謝しなければな。

そしてミストたちの視線は、いつの間にかこちらに来ていたフィルカと、そして隣で立っているヴィクトの方へと向けられる。

「ところでレイル。フィルカの隣に立っているこのイケメンの魔族はどちら様？」

「あぁ、彼は――」

「やあやあ、君たちがフィルカ姉さんとレイルくんのお仲間さんなんだね。オレの名はヴィクト。よろしく！」

「あ、あぁ。よろしく。僕はミスト。フィルカ姉さんって事は――」

「そ、弟。ところでそっちの女の子は？」

「あ、私はミルアです。ミスト兄さんの双子の妹です」

「ふーん。そうなんだ！　よろしくね！」

相変わらずの軽いノリでミスト兄妹と挨拶を済ませたヴィクトと、それを特に興味のなさそうな視線で見守るフィルカ。

ミストとミルアは結構似ているが、フィルカとヴィクトは割と正反対なイメージだな。

そして俺はその間に割って入り、先ほどミストに聞いた話と、俺たちに起きた出来事を共有していると、何かが空から降りてきた。

金と黒のツートンカラーの髪を持ち、人間と魔族、両方の性質を持った青年――フォルニスだ。

「どうやら全員揃ったようだな――む、そこの魔族は何者だ？」

「おぉ……すげえ、こんな人初めて見た――っと、オレはヴィクト！　何者か分からないけど、とりあえずよろしく！」

「そうか。とりあえず敵ではなさそうだな」

「反応薄っ！」

突っ込みを入れたヴィクトをあっさりとスルーして、彼の視線はミルアへ。

「どうやら治してもらえたようだな」

「は、はい！　ありがとうございました！」

「フォルニス、どうやら仲間がいろいろ世話になったみたいだな。ありがとう」

「なに、お前たちに死なれてはアルティマ様に合わせる顔がないというもの。アルティマ様はどうやらお前たちを特別視しておられるようだからな」

「理由は何でもいい。とにかく感謝しているよ」

「……そうか。ならば礼は受け取っておこう」

お礼を言われることに慣れていないのか、いたたまれない様子のフォルニスだったが、助かったのは事実だ。

全く、あの竜に全員吹き飛ばされた時はどうなるかと思ったが、こうして無事再集結出来て一安心だ。

……あれ？　そもそもの原因って、魔障竜を怒らせたフォルニスにあるのでは？

## 二十五話　ネクロマンサー、驚愕する

「さて！　これで仲間は全員揃ったって事でいいんだよね？」

落ち着いたところで、ヴィクトがそう切り出してきた。

フィルカ、ミスト、ミルア、フォルニス。

予想よりも遥かに早い段階で再会する事が叶ったのは、フィルカたちが持つ特殊能力やフォルニスの活躍のおかげだろう。

俺はヴィクトの方へと振り返り、頷いた。

「よし！　それじゃあ早速オレたちの集落に案内しようと思うんだけど、いいよね？　フィルカ姉さん」

「問題ないわ。もともとそのつもりだったもの」

「オーケー！　それじゃあ早速ご案内だ！」

するとヴィクトはどこからともなく立派な装飾が成された赤黒い杖を取り出し、その足を地面へと突き刺した。

直後、ヴィクトを中心に足元に白い魔法陣が描かれ広がっていく。

俺たち全員が陣に足を乗せ、彼が地面をもう一突きすると、陣から真っ白な光が噴き出して視界を白く染め上げていく。

そして次に世界が色を取り戻した時、俺たちは簡素な家が立ち並ぶ開けた地へと移動していた。

左右には大きな崖がそびえたっており、高台にあるのか奥には魔界特有の紫色の空が広がっていた。

決して多くはないが、老若男女様々な魔族が出歩いているのも見受けられる。

なるほど、ここがヴィクトの言う集落か。

どうやらヴィクトが用いた転移魔法らしきモノで、一瞬のうちに俺たちは移動させられてしまったらしい。

ヴィクトめ、こんな能力まで持っていたのか。

「ようこそ、オレたちの集落へ！　名をヴァルファール！　大したもてなしはできないがゆっくりしていってくれ！」

両手を広げて価値のあるものを紹介するかのように、ヴィクトが声を上げる。

どことなく俺の故郷であるルスフルの村を思わせる雰囲気があって、居心地がよさそうだな。

しかしヴァルファールか。どこかで聞いたことがあるようなないような……

ふと、フィルカの姿が目に入る。

ああ、そうだ。そうだった。

彼女と出会った最初の日に聞いた国の名前。フィルカの生まれ故郷であり、魔障竜に滅ぼされた王国。

それがヴァルファールだ。

忘れていたわけではないが、状況が状況なので思い出すのに時間がかかってしまった。

「フィルカ。ヴァルファールって事は……」

「ええ。前にレイルに言ったヴァルファール王国と同じと考えてもらって構わないわ。ここは滅びから逃れた国民が集まって作り上げた集落よ」

「なるほどな。そう言う事か」

俺が納得を示すと、フィルカは無言で頷いた。

俺たちはそのままヴィクトの案内で集落を歩き進み、一番奥にある他の家より二回りほど大きな建物の中へと通された。

一階部分は壁がほとんどなく、何本かの太めの柱が支えているだけと言った感じだったが、階段を上った先はやや広めの普通の部屋といった感じであった。

そうしてしばらく待っていると、黒い礼服に身を包んだ長身の女性が姿を現した。

「おかえりなさいませ。ヴィクト様、そしてフィルカ様。お客人の方も、ようこそいらっしゃいました」

見る者を魅了せんばかりの美しい所作で礼をすると、彼女は丁寧な足取りでヴィクトの傍に立つ。

彼女はヴィクトたちの使用人なのか？　だとしたら二人は貴族とかの出だったりするのだろうか。

それならば驚きだが、簡素な服を身につけながらもどこか品のあるフィルカたちを見ていると、納得してしまう自分もいる。

「紹介しよう。彼女はセシア。オレの——従者みたいなもんだ」

「みたいな、ではなく従者です。ところで——突然仕事を放り出してどこかへ行ってしまわれたかと思えば、何故か人間の客人を連れて帰ってこられた件について、ご説明いただけますよね？」

「うっ、そんなに睨むなって。ちゃんと説明するから！　と言っても、なんか妙な気配が五つほど森に向かって落ちていったから、気になって追いかけたらフィルカ姉さんと彼らがいたってだけなんだけどさ」

「なるほど。それで私に一言もなく行ってしまわれたと。無事に戻ってこられたので良かったですが、心配いたしましたよ？」

「ごめんって。悪かったよ。次は気を付けるからさ。でも少しはオレのチカラも信用してくれよ。フィルカ姉さんには及ばないけどさー」

「もちろん、信頼しておりますよ。魔王様」

「……魔王？」

聞き逃せない単語が耳に入ってきたので、思わず口を挟んでしまった。

聞き間違いでなければセシアは今、ヴィクトの事を魔王と呼んだ。

いや、まさかな。俺は恐る恐るフィルカの方へと顔を向けると、彼女は相変わらず無表情のまま頷いた。

「なぁ、ヴィクト。お前って魔王だったのか？」

「んー……そう言われると微妙なラインなんだよねー。正確にはオレの父上が先代の魔王なんだけど、今はいないからなし崩し的にオレがその座を継いだって感じ。本当はオレなんかよりフィルカ姉さんの方が相応しいと思うんだけどねー」

ヴィクトの言葉を軽く聞き流したフィルカだったが、俺は顔に出るほど驚きを感じていた。

ふと横を見てみると、話より部屋に置かれているモノが気になると言った様子のミストと、驚きと共に興味を惹かれたと言った様子のミルア。そして表情からは何を考えているのか上手く読み取れないフォルニスがいた。

「フィルカさんって魔王の血族だったんですね。知らなかったです」

「一応、そうなるわね。言ってなかったかしら」

「初耳だぞ……」

「そうだったかしら。まあわたしが何者だったとしても、やることに変わりはないわ。それでヴィクト。集落の方に変わりはなかったかしら」

「うん。こっちは今のところ何とかやっていけているよ」

「そうね。何から話そうかしら——とりあえずその前にレイルたちにわたしたちの事について詳しく話す必要があるわね」

「そうだな。頼んだ、フィルカ」

このままではいろいろな疑問が浮かび上がって集中できない。

それを察したのか、フィルカは手で軽くジェスチャーを混ぜながらより詳しい話を展開してくれた。

曰く、ヴァルファール王国はもともと交易で栄えた、魔界大陸の東側に位置する大国であったそうだ。

ちなみに大国と言っても一つの都市を持つだけで、人間界で言えば小国に当たる規模らしい。

しかしある日、ヴァルファールを含む東の領域を守護する神獣の加護が消滅。

多少耐性がある魔族の肉体をも蝕《むしば》む大量の魔障と、そこから生まれた膨大な数の魔物。

そして何より強大な力を持つ魔障竜の手によって、ヴァルファールは終焉《しゅうえん》を迎える事となる。

ここまでは前にフィルカに聞いた内容と全く同じだ。

そして、ここから先は初めて聞く。

どうやらフィルカたちは、最後の最後まで王国に留まり魔障竜に抗ったそうだが、敗北を悟ったフィルカたちの父――ヴァルファールの先代魔王は、フィルカとヴィクトの二人を逃すと決めたそうだ。

無論最初は二人とも拒否したものの、説得の末に「ヴァルファール王家の血を絶やしてはならぬ」という言葉に折れ、二人はヴィクトの転移魔法で避難をする事に。

そして王である自分だけが逃げるわけにはいかない、最後に果たすべき役割もあると言い残し、先代魔王はヴァルファールの地で散った。

それから二人は一年かけて、生き残ったヴァルファールの民を集めて、この地に拠点として集落を造った。

人望があり統率力に優れたヴィクトを集落のリーダーに、強大な戦闘能力を持つフィルカはヴァルファール復興の足掛かりを掴むため、旅に出たとのことだ。

「旅に出てすぐに、わたしはあの塔――魔界のダンジョンを見つけたわ。そしてその頂上にいた魔障竜と戦った。でもやっぱり勝てなくて、さっきみたいに吹き飛ばされたところで、とっさにアビスストーンを使ったわ。あの時は追いかけられて命の危険を感じたから仕方なく、ね」

「だからあんなところで倒れていたのか」

魔界と人間界は裏表。

もしフィルカが魔界ダンジョンでアビスストーンを使っていれば、移動先はダンジョン・グランドーラがある王都リィンディアだったはずだ。

しかし彼女はリィンディアからそれなりに離れた場所にあるルスフルの村の近くに現れた。

その裏にはこういう理由があったんだな。

「なるほど、魔障竜ね……やっぱりアレがいる限り、ヴァルファール復興計画は先に進めなさそうだね」

「そうなるわ。でも――」

フィルカは一呼吸おいて、俺たち全員を視界へと入れた。

「わたしは人間界に行ったことで、可能性を見つけたわ。あの魔障竜を打ち倒すための、信頼のおける仲間を」

「……なるほどね。それがレイルくんたちという訳か。どんな能力を持っているのかは知らないけれど、フィルカ姉さんがそう言うのなら相当なモノなんだろうね」

「ええ。その通りよ」

フィルカは自信満々にそう言い切った。

確かに、俺ならばフィルカたちの強大な戦闘能力を最大限に引き出すことができるし、ミストという搦め手に役立つ存在もいる。

だが、それでも魔障竜のチカラはあまりに強大だ。

実際に奴と対峙《たいじ》した俺にはやはり心もとなく感じてしまう。

まあそれはフィルカもよく分かっていると思うが……

とはいえ、あれほど危険な存在を放っておく訳にはいかない。

俺としてもなんとかして奴を倒しておきたいとは思っている。

何より俺はフィルカに協力すると決めたのだから、フィルカが倒したいというのならば、俺はそれに力を貸すだけの事。

「……先ほどから言っている魔障竜とは何者なのだ？」

ずっと静観していたフォルニスが、いきなり会話に口を挟んできた。

興味を惹かれたのか、それとも何か別の理由があるのか分からないが、とりあえず答える事にしよう。

「あぁ、さっき俺たちを吹き飛ばしてくれたあの禍々《まがまが》しい竜がそれだよ。どうやら神獣の加護が消えた後に突如現れたらしい」

「なるほどな。奴は魔障に堕ちたのか。故に我を見ても獣の如く攻撃を仕掛けてきたと。全く、神獣ともあろうものが情けない」

「……なんだって？」

「知らなかったのか。奴こそが魔界を管理する四神獣が一体。名を聖竜アズラゴンという。覚えておくがいい」

衝撃の事実を耳にして、しばらくの間沈黙が流れた。

# 二十六話　ネクロマンサー、苦悩する

「魔障竜が――神獣だって……？　それは冗談で言っている訳ではないんだよね？」

「我は下らぬ冗談など言わぬ。奴は間違いなく神獣《アズラゴン》だ」

「そんな……じゃあオレたちの故郷を滅ぼしたのは神獣だっていうのかよ……？　どうしてそんなことに……」

フォルニスが口にした真実を受けて、最もショックを受けていたのがヴィクトだった。

当然だろう。今まで自分たちを守ってくれていたはずの存在が、一転して国に牙を剥き、全てを破壊してしまったのだから。

だが衝撃を受けたのは彼だけではなく、俺たちもだ。

俺が最初に魔障竜と対峙した時、奴は間違いなく魔物サイドだと認識していた。

それが全くの逆。魔界の守護者たる神獣の一体だったとは考えもしなかった。

だが、魔障竜を魔界へ追い返す際に耳に響いたあの言葉。

――よく、やってくれた。人の子よ
あのまま奴を放置していれば、人間界は壊滅的な被害を受けていたことだろう。

神獣にとって、本能のままに暴れ回ることは不本意だったのかもしれない。

そして何よりあの強さだ。

ヒトの身では決して敵わない。そう思わせるほどの圧倒的なチカラ。威圧感。

それもアレの正体が神の名を冠する獣だというのなら納得が行く。

今思えば二度も対峙しておきながらどちらもほぼ被害なく生き延びられたのは、奇跡と言っていいかもしれないな。

……ああ、そうだ。

せっかくの機会だから、俺が疑問に思っていたことも聞いてしまおう。

そう。魔界のダンジョンと神獣の関係性についての事だ。

「――なあ、フォルニス」

「なんだ？」

「お前は魔障竜――いや、聖竜アズラゴンの事を、魔界を管理する神獣の一体と、そう言ったな？　それはつまり魔界、ひいては魔族を魔障から守るために神から遣わされた存在と捉えていいのか？」

「そうだな。その言葉通りに受け取ってくれて構わない」

「ならば――神獣の役割は本当にそれだけなのか？」

「……どういう意味だ？」

ああ、これで十分だ。フォルニスの今の反応で確信に至った。

神獣は魔界を守護するだけの単なる神の使いなんかではない。

もっと別の、重大な目的。果たすべき役割を負っているはずだ。

俺は己の考えを整理する意味も込めて、一度息を吸ってからゆっくりと言葉を紡いでいく。

それ即ち、封印。

魔界と人間界を繋ぐ唯一にして無二の存在。

それこそがダンジョンだ。

しかしそのダンジョンは一年前、聖竜アズラゴンが魔障竜に堕ちたその日まで、姿を現すことはなかった。

つまりダンジョンを設置した神にとって、魔族がダンジョンを通じて人間界へ至ることは不都合であるという訳だ。

故に神は魔界に神獣を送り、その存在を以てダンジョンの存在を隠し続けた。

そう考えるのが自然だろう。

その理由とは何なのか。そもそも何故そのような状況になってしまったのか。

聖竜アズラゴンはその頂上で、まるで守護者の如く鎮座していた。

魔障にその身を侵されながらも、あの場所が自分の在るべき場所であるかのように、そこに存在していた。

魔に堕ちた事でダンジョンを隠すことが不可能になったとしても、その場を護るという使命は体に焼き付けられていたのだ。

「そしてこれが真実ならば、魔界には同じようなダンジョンが他にもあるはずだ。そう、あと三つほどな」

「……なるほどな」

「……確かに、そう考えるのが自然ね」

「そして俺は、魔族が人間界へ侵入することを良しとしない神に等しき上位の存在を知っている。つまり神とは――」

「なるほどなるほど……冷静で発想力も豊かで、そして何より頭がよく回る。流石は智将ネクロマンサーの生まれ変わりだ」

俺の言葉を遮るように、フォルニスがやや大きめな声で割り込んできた。

その顔は予想外と考えているような、あるいはどこか納得するかのような表情を作っている。

「……なんだって？」

「だが、その先を我の口から話すことは許されていない。そして急ではあるが我は一度、アルティマ様の下に戻らねばならぬ。聖竜アズラゴンが魔障に堕ちた事を報告せねばならぬからな」

「ちょっ、おい待て――」

「恐らくは次に戻った時、お前の抱く疑問、そして知りたい事を知ることが出来よう。では、さらばだ」

「……行ってしまいましたね」

ぼそっと、ミルアが口にする。

このままでは問い詰められると判断して逃げたようにも思えるくらい、あまりに唐突な離脱だった。

あの野郎、俺の知りたいことを増やすだけ増やして去っていきやがった。

智将ネクロマンサーの生まれ変わりだのなんだの言っていたが、それは何なんだ？

もっと話を飛躍させれば、ネクロマンサーとは、職業《ジョブ》とは、勇者とは何なのか。

そもそも自分は一体何者なのか。

普段なら抱かないであろう疑問が、次々と膨れ上がってくる。

……ダメだ、分からん。あまりに情報が少なすぎる。

「……ふー、なんかよく分からないけど、いろんな意味で冷静になっちゃったよ。とりあえず、ヴァルファール復興のためにはあの魔障竜を元の神獣に戻さなければいけないよね」

「そうね。ヴィクトの言う通りだわ。神獣の加護がないと困る上に、あんな凶悪な竜が近くに居座っていたら、とても復興なんて無理よ」

「……でもどうする。まともに戦って勝てるような相手じゃないぞ。それに倒したところで元に戻る保証なんてどこにもない」

「そこが問題なんだよね……」

確かにヴァルファール復興の足掛かりを掴むためにも、聖竜アズラゴンを正気に戻すことは絶対必要だ。

それで全てが解決する訳ではないが、これを成し遂げればフィルカの危惧する二つの世界の危機を食い止める第一歩になる事だろう。

だからこそ何とかしなくてはならないのだが……

「……ミスト。あなたの魔道具でなんとかできないかしら」

「んー……アイツ《アズラゴン》に封魔の剣って効くのかな？　ちなみに僕は割と無理だと思っている」

「おい」

「だってしょうがないじゃないか。正直レイルだってそう思うだろ？」

「まあ、な」

封魔の剣――それは錬金術師ミストが作り上げた至高の魔道具。

楔《くさび》として打ち込むことで強大な魔の力を抑え込み、その動きを封じ込める能力を持つ剣だ。

封魔の鎖と合わせる事で、不意打ちながらも陰陽魔人フォルニスを完全に機能停止させた実績を持つが、それでもあの魔障竜に効くとは思い難い。

「だが試してみる価値はある――と言いたいところだが、もし失敗したら今度こそ命が危ないからな……」

「むぅ……兄さんの魔道具が効くかどうか分からないというのはちょっと不愉快ですね……」

「なあ、ミスト。封魔の剣ってもっと強化できたりしないのか？」

「随分簡単に言ってくれるね。あれは僕が長い時間をかけてようやく作り出した最高傑作なんだよ？」

そうだよなぁ。そう簡単に行く話ではあるまい。

そうなると封魔の剣を交えた作戦はダメもとという事で一旦保留として、また別の手段を考えなくてはならないな。

「まあ、何か強化できそうな素材が見つかったのなら話は別だけどね」

「強化できそうな素材、か。例えば？」

「その神獣は魔障に侵されているんだろう？　だったら魔障を抑え込む、もしくは吸収するようなモノさ」

「魔障を吸収する素材、か……そんなものあるのか？」

俺はフィルカの方を向くと、彼女はやや困った顔で首を横に振った。

そうだろうな。そんなものがあるなら魔族は神獣なんてものに頼る必要はないだろう。

やはりこの方向はナシ、か。

「とりあえず魔障の研究はする予定だけど、成果はすぐには出ないだろう」

「……分かった。頼む」

「オレの方でも探しておくよ。何か思い出せそうなんだ。その魔障を封じる手段について……ひとまずみんなは一晩休んで疲れを取ってくれ。セシア、彼らの案内は任せた」

「承知いたしました。では皆様、こちらへ」

ヴィクトが何かを捻り出そうと額に手を当てつつ、奥へ行ってしまった。

その後俺たちはセシアさんの案内で、客人用の部屋で一晩を過ごす事となった。

# 二十七話　ネクロマンサー、魔障の対抗策を得る

あれから数日が経った。

俺たちはヴァルファールの集落でしばらく世話になりながら、魔障竜攻略に向けた作戦を考えていたのだが、何分情報が少なすぎて難航していた。

もちろん図書館や研究施設なんてものはないので、できる事と言えばせいぜい集落の人たちに話を聞くことくらいだ。

ミストの方はミルアを引き連れて魔界の調査をしているらしい。

何の調査かは知らないが、ご機嫌そうな顔をして帰ってくるのを見る限り、それなりの収穫を得られているのだろう。

他にもヴィクトが「何かを思い出せそうだ」と言って引きこもっているのだが、そちらにも期待していいのだろうか。

俺の方も一応集落から離れすぎない程度に探索には出たのだが、正直ただの危険な散歩と大して変わらない結果に終わってしまっているので、今日は大人しくしている。

恐らく魔障のせいと思われる継続的な体調不良もあり、あまり活発に活動をする事が出来ないのももどかしい。

しかし集落の魔族たちは人間である俺たちに対しても気さくに接してくれるので、魔族が人間の敵という認識が揺らいでくるな。

人間を敵視し人間界に攻め込んでくる魔族は魔界の中でもほんの一部、というフィルカの言葉が正しかったことが、ここになってようやく理解できた。

こうして座り込んで遠くの景色を眺めていると、景色こそ異なれど魔界も人間界とあまり変わらないんだなとさえ思う。

「レイル、ここにいたのね」

「ん、フィルカ」

「ヴィクトが呼んでいるわ。ミストたちは？」

「多分まだ帰ってきていないと思う」

「そう。じゃあレイルだけでも来て」

俺は分かった、と頷いて立ち上がる。

何か思い出すことが出来たのだろうか。それとも何も見つからなかったという報告なのか。それは実際に聞いてみなければ分からない。

そのまま真っすぐヴィクトの家へと向かうと、セシアに出迎えられて中へ通された。

「来たね、レイルくん。ところで、あの二人は？」

「まだ出かけていったっきり帰ってきていない」

「そっか……まあいいや。とりあえずこれ見てよ、これ！」

目の下に若干隈《くま》が出来ていて少し心配だが、それとは裏腹にハイテンションで小型の杖のようなものを見せつけてきた。

水色の棒の先端には透き通った紅色に光る宝石が取り付けられており、その境目には謎の紋章を中心に羽を模した装飾が成されている。

持ち手の雰囲気が軽いのに反して、独特ながら強い存在感を放つ不思議な杖だ。

「ヴァルファール王家の紋章……ヴィクト、それは一体？」

「分からない。けれど父上はこれを鍵と呼んでいた。父上はあの時、時が来たら使えとだけ言ってこいつを押し付けてきたんだ。まあその後はそれどころじゃなかったから、すっかり存在を忘れていたんだけどね」

「お父様が……ヴィクト、ちょっといいかしら」

そう言ってフィルカはヴィクトからその杖を借り、観察して感触を確かめた。

その様子を横から見ていたのだが、どうやって扱うのが正しいのかは検討がつかない。

鍵、とヴィクトは言ったが、こいつを突き刺して開くドアがあるなら是非見てみたいものだ。

しばらくして満足が行ったのか、フィルカは杖をヴィクトへと返した。

「父上が言った『時が来たら』は、ヴァルファール復興の準備が整ったら、という意味だとオレは捉えた。そしてレイルくんたちがここに現れたのは、ようやくその時が来たって事なんじゃないかなってさ。だからコイツを使えば何かしら得られると思う！」

「……それで、それはどうやって使うの？」

「それは……ちょっと分からないかな……丸一日かけて何とか起動状態にする事には出来たんだけど……」

「おいおい……」

「ま、まあ！　こういうのって天高く掲げたら何か起こるって相場が決まっているでしょ？　とりあえずチャレンジチャレンジ！」

大丈夫かなぁ……と思いつつも、現状あの杖に頼る以外の道が見えないのは事実。

失敗すると決まった訳ではないので、とりあえずヴィクトに続いて一旦外に出てみる事にした。

そして場所を移し、ヴァルファール地方を広く見渡せる集落の奥へ。

崖から落ちないギリギリのところにヴィクトが立ち、その横で俺たち二人がその様子を窺《うかが》う。

ヴィクトは目を閉じて大きく息を吸い込み、そして――

「――時は来たり！　王家の鍵たる杖よ！　我らヴァルファールの民に新たなる導きを与えたまえ!!」

高らかに紡がれた言葉が、紫苑《しおん》の空に響き渡る。

されどヴァルファールの空は、静寂を以てその回答とした。

何も起こらない。杖に変化も見られない。ヴィクトの表情がだんだんと引き攣《つ》っていく。

「……失敗、か」

「そ、そのようだね……」

「ところで今の口上は何か意味があったのか？」

「いや、うん……今適当に考えた」

「あぁ、そうか……」

「何か悲しいモノを見るような目はやめてくれるかなぁ!?　結構魔王っぽかったでしょ!?」

おっと、つい顔に出てしまったらしい。

確かに先ほどのヴィクトは、堂々とした姿勢や声の張り具合などから王たる迫力はあった。

しかしとっさにあのような言葉が浮かび上がって、それを迷いなく口にした上に何も起こらないというのは、見ていてちょっと悲しくなってしまった。

「まぁ、ダメもとだったし仕方ないわ。次の手を考えましょう」

「そうだな。ミストたちが何かを見つけていてくれたら助かるんだけどなぁ」

「スルーはスルーでつらいなぁ……」

「……ヴィクト、他にも何か思い出せることとかないのか？」

「へっ？　ああ、うーん……あ！　そう言えばフィルカ姉さん。確か城の地下に開かずの扉があったよね？」

「……そう言えばそんなものもあったわね」

ヴィクトが言う城。それはかつてのヴァルファール王国の魔王城の事だろう。

開かずの扉というのは何とも興味がそそられるが、もし本当にそんな場所があるのならばヴィクトが持つ杖がその扉を開けるカギとなる可能性は大いにある。

だが既に国は滅び、城もその形を維持しているかどうかは分からない。

「これは一度城に行って確かめたいね」

「そうしたいのは山々だけど、今のヴァルファールに近づいても大丈夫なのか？　フィルカの話を聞く限り、濃い魔障に覆われている上、凶悪な魔物が跋扈《ばっこ》しているそうじゃないか」

「そうなんだよね……魔物はともかく魔障はマズい。神獣の加護なき今、魔族でも危ないくらいの魔障のせいで満足に近寄れない」

「……わたしが一人で行くわ。多分、何とかなる」

「待て、フィルカ。それは流石に危険――」

「じゃあ、他に方法があると言うの？」

そう言われると言葉に詰まる。

フィルカの提案への明確な対案を、今の俺には提示する事が出来ない。

単純に強い敵がいるだけならばなんとかできるのだが、戦う事すらできない危険物が相手では、ネクロマンサーといえどどうしようもない。

できる事と言えば魔障で死んだ仲間を生き返らせることだが、肝心の俺が死んだら意味がない。

「……一応ミストたちの意見も聞こう。もしかしたら何か魔障の対策を編み出しているかもしれない」

「オレもレイルくんに賛成かな。フィルカ姉さんの強さは信用しているけど、やっぱり危険だからね」

「……分かったわ。でもどうしようもなかったらわたしは行くから」

その時はその時でまた考えるしかない。

結局フィルカ一人に行かせるのなら、俺たちがわざわざ魔界まで来た意味がないというもの。

今はミストたちに期待するしかない、か。

◇　◇　◇

「ややあ、三人揃ってお出迎えとはね」

「……ふぅ。みなさん、お疲れ様です」

しばらく時間を潰し、日が落ち始めた頃。

フィルカたちの持つ気配察知の特殊能力でミストたちが帰ってきたことが分かったので、早速三人で二人の下へと向かっていた。

魔障や疲れのせいでミルアは結構消耗している様子だが、一方のミストは顔色が若干悪いながらもまだまだ元気そうだった。

体力は間違いなくミルアの方があるはずなので、多分気力の差なのだろう。奴は己の興味を惹くものに出会った時、妙なブーストがかかる。

「で、何があったの？」

「疲れているところ悪いけど、歩きながら話すからとりあえずオレの家まで来てくれる？」

「だってさ。大丈夫？」

「兄さんが行くのならもちろんお供します」

「分かった。それじゃあ行こうか」

話が決まり、早速ヴィクトが見つけ出した杖の事をミストたちに話す。

するとやはりというか、会話の途中でミストはヴィクトから奪い取る勢いで杖を受け取り、嘗《な》め回すように隅々まで観察を始めた。

が、特にこれと言ったモノが発見できなかったのか、若干残念そうに杖を返した。

とりあえずミストが落ち着いたところで話を戻し、これからどうするかについて考えている事を伝えた段階でヴィクトの家に辿り着いた。

「なるほどねぇ。その杖が本当に役に立つのか確かめるために、危険な旧ヴァルファール王国領に行きたいと」

「そう言う訳だ。何とかならないか、ミスト？」

「なるよ」

「なるのか」

「うん。なると思う」

そうなのか……いやまあ、ミストに期待しようと言ったのは俺だけども。

難しいけど何とかしてみせるよ！　的な回答を予想していたので、こんなにあっさり行けると言われてしまうと返答に困る。

そしてミストは早速、鞄の中に手を突っ込んで、あるものを取り出して見せてきた。

「これは……枝？」

「そう。魔界に生えている木の枝さ。他にもいくつかあるんだけど、こいつが一番分かりやすいかな」

「でもそれってどこにでも生えているような奴でしょ？　それをどうするの？」

「魔界ってさ、場所によって濃い薄いはあれど、どこにでも魔障があるらしいじゃないか。それでもって魔障は人間にとっても魔族にとっても毒になる危険物。だったらこの魔界に生きている植物はどうやって生きているんだっていうシンプルな疑問が発生した訳さ」

「……なるほどな」

「おっと、レイルはもう察しがついたみたいだね。そう、魔界の植物を調べてみたらどうやら彼らは少なからず魔障による悪影響を軽減する力を持っているっぽくてね。それを確かめるべくこの数日間いろいろなところを歩いて実験してきたんだ」

ミストの言う通りだ。この世界の生物は何も人間と魔族だけではない。

魔障に堕ちた、もしくは魔障から生まれた存在である魔物はともかく、木々などの植物はどうやって生きているのかという疑問が発生するのはおかしい事ではないだろう。

その答えは自己完結できる魔障への対抗策があるというものだったらしい。

「まあ本当は魔障に耐性があることが分かっている魔族の体をじっくりと研究したかったんだけど、そう言う訳にもいかないだろうしね。だったらこいつを研究した方が手っ取り早い」

「それで、研究の進み具合はどうなんだ？」

「悪くないね。もう少し時間をくれれば魔障に包まれても大丈夫になれるブツを創《つく》る事が出来そうかな。いい加減この気持ち悪さにも飽きたし、手早く済ませるつもりさ」

「……ところでその研究で魔障竜に勝てるモノは創れそうか？」

「それはちょっと厳しいね。アレを何とかするには素材の力が弱すぎる。もっと強い浄化力を持つ何かがあれば話は別だけどさ」

「そうか……」

逆に言えば、素材さえ見つかれば何とかなるという事だ。

そんなものがあるのかは知らないけれど、魔界を歩き回ることが出来ればいつか見つかるかもしれない。

まあとりあえずはフィルカを一人で行かせずに済みそうで良かった。

「助かった。流石は天才錬金術師」

「それじゃあ僕は、少しの間こもるよ。出来たらまた声をかける」

そう言ってミストは軽く右手を振ってから、足早に去っていった。

本当にアイツがいてくれて助かった。連れてきて大正解だ。

「では私も兄さんのところに向かいますね。兄さんに何か用があったら私が伝えますので」

「ああ、いつもありがとう、ミルア。ミストも含め倒れないように気を付けてな」

「はい、ありがとうございます。では！」

後を追っていったミルアだが、ここで敢えて明るい笑顔を見せて去っていくのを見て本当にいい子だなと思った。

本当は俺が代わりにミストについて、ミルアをゆっくりと休ませたいところだが、彼女はミストの世話をする事に誇りを持っているので、多分丁重に断られる事だろう。

ならば俺は俺のやるべき仕事をやるとしよう。

まあもっとも、今は待つ事しかできないのだが。

◇　◇　◇

それから二晩を集落で過ごし、三日めの夜が明けた。

ミルアを通じて全員を集めたミストは、早速俺たち一人ずつに透明なペンダントを手渡した。

「先に言っておくと、そいつは未完成の使い捨てだ。それをつけておけば大体二時間くらいは魔障の毒を緩和できる。だいぶ心許ないけれど、移動にヴィクトの転移魔法を使うのならばなんとかなるはずだ」

「ああ、助かるよ、ミスト。ヴィクト、頼めるか？」

「オーケー。それじゃあ早速、廃都《はいと》ヴァルファールに出発だね」

全員がミスト製の首飾りをつけたのを見て、ヴィクトが杖を突く。

そして広がる魔法陣。起動する転移魔法。

俺たちはついに、ヴァルファール王国に足を踏み入れる。

## 二十八話　ネクロマンサー、廃都を想う

光が晴れ、広がるは退廃《たいはい》の地。

魔界東部・旧ヴァルファール王国領。

かつて栄華《えいが》を誇ったであろう大国はもはや見る影もなく、ただそこに国が在《あ》ったことを思わせる残骸が散らばるのみ。

人の気配はなく、視界が霞《かす》むほどの濃密な魔障の霧と不吉な風が俺たちを包む。

「ここがフィルカたちの故郷……思ったより酷い有様だな」

「そうね……わたしが前に近づいた時も既に近寄り難かったけれど、いざ目の前にしてみるといろいろと来るものがあるわ」

「まあそう、だよな……とりあえずミストが作ったコレがなければ、着いた途端に終わっていたかもな……」

「全くだね。でも流石にここまでヤバいとは思わなかったよ。こりゃ二時間も持たないと思った方がいい」

「なら急がないといけないな。ヴィクト、案内をたの——ヴィクト？」

ここに来るにあたってこの国について誰よりも詳しく、さらに転移魔法にて即座に離脱の選択が取れるヴィクトの先導で進むことをあらかじめ決めていた。

故にヴィクトに声をかけたのだが、彼は近くの瓦礫《がれき》の上に立って、どこか遠い目で廃都を眺めていた。

魔王の名を継ぐ者として、そして何よりこの国の住民だった一人として、やはりいろいろ思うところがあるのだろう。

「――んっ、ああ、ごめんごめん。ちょっと……思い出しちゃってね」

「いや、気にしないでくれ。もう少しくらいなら時間を取っても――」

「大丈夫！　これ以上ここで眺めていると、どんどんと思考が悪い方へ向かいそうだからね。だからすぐに城に向かおう」

「そ、そうか」

　顔は笑っていても瞳の色が若干暗いことからとても大丈夫そうには見えないのだが、ここに彼を無理やり留まらせる訳にもいかないので、ヴィクトの言う通り先に進むとしよう。

　ミスト製の対魔障ペンダントの効果時間を考えると、さっさと行かなければならないのは事実としてあるので、それも考えた上で、だ。

「……美しい国だった」

「――ヴィクト」

「活発に働く大人たちに、元気よく走り回る子供たち。強く逞《たくま》しい国民たちと、民を想う賢明な魔王に支えられた国。全員が幸せだった訳ではないだろうけれど、少なくともオレはこの国が好きだった」

　今、彼の眼には何が見えているのだろうか。

　在りし日の町。人々が活発に往来し、散歩に出てきた王子に笑顔で声をかける。

　彼にとって当たり前だった日常。ごく普通の平和な日常。

　そんな妄想が、俺の脳裏に浮かんでくる。

だが、俺がそれを見る事は叶わない。

——直後、けたたましい魔物の叫び声《ノイズ》が俺をすぐさま現実へと引き戻す。

左右、そして背後を合わせて八体程。

四足歩行の獣の姿をしたモノたちの中に、古びた武具を纏った人型のソレもいた。

兜《かぶと》の下に潜む闇。その中で蠢く赤い目のようなモノ。

生者がそのまま魔に堕ちた成れの果てと思わせる魔物だ。

「——っ！　あれは王国の……」

やはりそうか。そう思った次の瞬間には、フィルカが剣を抜いて人型魔物と戦闘を始めていた。

遅れてミルアも走り出し、魔物と対峙する。

ミストはすぐさま俺の背後に移動し、俺はあらゆる攻撃に対処できるよう柄《つか》の位置を確認しながら周囲の様子を窺った。

「ヴィクト——彼らは魔物。たとえその前が何だったとしても、今は敵よ！」

「フィルカ姉さん——そうだったね。ごめん」

「は、あっ!!」

鎧を着ているとは思えぬほど軽快な動きで、人型魔物はフィルカの剣を受け続ける。

見た目は錆《さ》びついているものの、魔障に似たオーラを纏ったその剣は簡単には折れない。

それはその身に纏う鎧も同じ。ならばどうするか。

フィルカは剣による攻めから、魔法攻撃へと切り替えた。

激しい打ち合いの最中《さなか》、上手く隙をついてその腹部を蹴り飛ばし魔法を解き放つ。

予備動作はない。

ただ吹き飛ばされた魔物が地面に着く直前に天より黒い一筋の光が落ち、その身を貫き弾ける。

僅か一瞬にして半球状に広がった闇の爆発は、やがてその中心——人型魔物に向かって収束し、静かに消滅した。

◇　◇　◇

「——はあっ!!」

地面を蹴り跳び上がったミルアが振るった銀色の刃が空を裂く。

しかし四足歩行の魔物たちには届かない——いや、届かせる必要がなかった。

空を裂いた刃はミルアの技によって衝撃波を生み、第二の刃となって突き進む。

「——ッツ!!」

声にならない悲鳴が上がる。

見ていたのかいないのか、危険を察知して逃れようとした獣たちだが、逃げ遅れた一体の横腹が鋭く切り裂かれた。

そして残った六体の獣。うち三体はミルアに飛び掛かり、残りは——

「神速舞闘《しんそくぶとう》っ!!」

剣を振り切り空中で無防備な姿を晒していたミルア。

だが彼女は臆することなく、その技の名を口にした。

目には見えない。だが確実に広がり、そして固定された。

彼女の領域――神速の領域が。

片足が、地面についた。

それが始まりだ。

目では捉えられぬ、殺戮《さつりく》の舞。

地を蹴り、そして空を蹴って、ミルアは己の領域を自由自在に動き回る。

愉《たの》しむ暇などない。

彼女が再び大地に戻り剣を収める頃には、全身から大量の傷口が開いて血を噴き出させながら獣たちが落ちていった。

「しまった……兄さんたちの方にっ!!」

舞を終えたミルアはすぐさま現実に戻り、愛する兄の下へと駆けていく。

◇　◇　◇

そしてこちら、前衛のフィルカとミルアから逃れた魔物が三体、俺たちへと迫っていた。

二人とも今はこちらに気を回している余裕がない。

故に俺たちで対処しなくてはならない。

……一つ、試してみたいことがある。

俺はイチかバチかある賭けに手を出してみる事にした。

牙を剥いて飛び掛かってくる魔物に向けて無言で右手のひらを差し出し、呟く。

「死の囁き《ネクロウィスプ》……」

無慈悲なる死をイメージしながら、手のひらに宿った闇色の光を分割して放つ。

ネクロマンサーが持つ生死反転の術の、生から死への反転を強く願った技だ。

魔障竜のような魂強度が強い生物には効かないが、こいつらには効くかもしれない。

今までの戦闘はフィルカとミルアの二人だけで十分だったので試してこなかったが、今は違う。

この技で仕留められることを願って、魔物たちを死へと誘った。

「――っ⁉」

「レイルくんっ⁉」

闇色の光は魔に堕ちた獣へと蛇のように絡みつき、そしてついにその息の根を止めた。

――ただし、仕留めたのはそのうちの二体だけ。

残る一体は突然の味方の死に驚く事すらせず、俺たちに喰らいつかんとしてくる。

「――っと、させないよ！」

だが獣は見えざる壁に弾かれ、地に落ちる。

間一髪のところでヴィクトが展開した結界のおかげで助かったようだ。

俺はその隙に先ほど命を奪った二体の魔物の傍まで駆け寄って左右の手のひらを彼らにかざし、青色の光を灯して今にも消えそうなその体を繋ぎ止める。

そして死者蘇生――ネクロマンサーの真骨頂である能力を用いて、魔物たちに再びの生と操り糸を与えた。

「さあ行け！　同士討ちの時間だ……」

死の囁き《ネクロウィスプ》で命を奪った魔物を強化蘇生して使役し、生き残った魔物と戦わせる。

今まで用いた事のない戦闘方法で、俺なりの活躍をしようと思う。

瞬く間に起き上がり飢えた獣のように喉を鳴らす二体の魔物は、俺の指示によって同時に残された魔物へと飛び掛かった。

「グ、ガッ――!?」

仲間かどうかはともかく、少なくとも敵ではなかった存在の唐突な裏切り――流石にほんの一瞬の動揺が見られ、より凶悪化した爪と牙がその隙を突いていく。

襲われた魔物はすぐさま抵抗し、もみ合いとなるも……

最初の二体が倒れていた場所には、体に癒し難い深い傷が刻み込まれた魔物が力なく横たわっていた。

同種の魔物でも、俺が強化蘇生を施せば、その戦闘能力に倍以上の差が生まれる。

単純に二対一という事もあるのでこの結果は当然なのだが、俺は初めて用いた戦い方が上手く行ったことに胸を撫でおろしていた。

「なかなか厄介な相手でしたね……」
「四体相手によくやってくれたわ、ミルア」
「いえ……三体も逃した上に、フィルカさんが相手していた魔物の方が強そうでしたし、流石ですね。しかし――」

ミルアとフィルカは自分たちの戦闘が終わった後すぐにこちらに来たようだが、謎の同士討ちが始まったのを見て戦闘には介入できなかったようだ。

そして俺の傍らに今も立っている二体の魔物を見て、警戒心を強めている。

「――レイル、これは？」
「ああ、こいつらなら心配いらない。俺が操っていただけだ」

俺はそう言って先ほどと同じように二体に向けて手をかざす。

すると次の瞬間、糸が切れたように使役していた魔物たちが崩れ落ちた。

これはまだ誰にも言っていない事なのだが、ネクロマンサーは蘇生の途中で蘇生自体を中断する事が出来る。

俺が操っている間、死体はまだ死に近い、生死の中間状態にあるので、簡単に死の方へと戻すことができるのだ。

だから放置でもしない限り魔物が復活して襲われるという事態には発展しないという事になる。

まあ、魔物を蘇生するのは初めての事だったので、その法則が通用するかどうかという意味での賭けでもあったのだが……

「上手くいって良かった」

「なるほどねぇ。レイルくんはこういう戦い方をするのか」

「やるのは初めてだけどな。ちなみに俺が何もできなかったら、ヴィクトはどうするつもりだったんだ？」

「普通に魔法で攻撃するつもりだったけど？　まあ攻撃魔法はあまり得意じゃないから、フィルカ姉さんたちが戻ってくるまでの時間稼ぎになっていた可能性が高いけどね」

「そ、そうか……」

自分よりフィルカの方が強いという発言や、最初に出会った時、アクリドミ相手に逃げの選択をしたこと。そして転移魔法や行動封じの補助系魔法に長《た》けている事から、ヴィクトは攻撃能力が低いのでは、と勝手に思っていたが、どうやらその通りだったようだ。

「そう言えばヴィクトの職業《ジョブ》って何なんだ？　確か聞いていなかったよな」

「オレの職業《ジョブ》？　大体察しているとは思うけど転送術師《トランスルーラー》だね。要は転移魔法みたいなサポート系魔法を得意とするタイプの魔法使いってワケ」

「なるほどな。ありがとう」

転送術師《トランスルーラー》か。

名前自体は聞いたことはないが、昔の戦争で転移魔法を駆使して自国を勝利に導いた魔法使いがいたという話を聞いたことがある。

確かにそんな魔法が扱えるのなら戦術の幅が大きく広がるので、戦いを有利に運ぶことが出来るだろう。

ちなみに『剣士』や『魔法使い』などと言った職業《ジョブ》は多くの人間が有しているので名が知られているが、俺のネクロマンサーやフィルカの魔導剣姫《まどうけんき》のようなユニークな特性を持つモノは、所有者の少なさも相まって知らない人が多い。

剣士も魔法使いも共通して有しているのは、単純にそれぞれ剣技に優れ特殊な剣術を扱う事が出来る。または魔力を有し魔法を行使できる、といった大雑把な特性だけなので、個人差がかなり大きいという特性。全員が全員同じものを覚え、同じような戦い方をするという訳ではないのだ。

故にオリジナルの剣術や魔法を編み出して同職業《ジョブ》の人間と差をつける者もいたりするので、珍しい職業《ジョブ》を持っているからと言って、必ずしもこれらの職業《ジョブ》持ちより優れているとは限らないという事になる。

ミルアなんかがそのいい例だ。

彼女は剣聖という剣士系統の職業《ジョブ》を持つが、何もない空間を斬って斬撃を飛ばす、一定距離内の空間を自身の領域としてその内部を超高速で移動し範囲内の敵を切り裂く、などと言ったオリジナルの技を駆使して戦う。

結局は個人次第であり、職業《ジョブ》ではその人の戦闘能力は測れないという訳だ。

まあそれはさておき、

「先を急ごう。次の敵が来るかもしれないし、ゆっくりはしていられない」

「そうだね。まずはヴァルファール城に行ってからだ。行こう」

ヴィクトの言葉に全員が頷き、俺たちは再び歩き出す。

不測の事態に備えつつ、蘇生役である自分だけは絶対に生き延びられるよう気を緩めないで行こう。

……しかしこれは何だろうか。

ヴィクトの案内に従って進むにつれ、何か声のようなモノが聞こえてくるのだ。

他のみんなはそんなもの聞こえていないと言うが、俺の耳には確かに届いている。

滅びた国に留まる怨霊か何かだろうか。

害があるかは分からないが、警戒しておくに越した事はないな。

# 二十九話　ネクロマンサー、昇らぬ死魂と邂逅する

「……レイル。まだ、気になるの？」

「ああ……まだ時々聞こえてくる。上手く聞き取れないがな」

ヴァルファール城を目前とした現在も、何者かの掠《かす》れた声が俺の耳にだけ届いている。

何かを伝えようとしているのだろうか。

あるいはただの独り言なのか。

未だその正体は掴めないが、俺にだけ聞こえているということにはなんらかの意味があるはずだ。

「大丈夫？」

「少々鬱陶しいが特に支障はないな。悪い、気を遣わせて」

「気にしないで」

フィルカに若干の心配をされながらも、俺たちは先へ進む。

そしてしばらく歩き、ついにその目の前へと辿り着いた。

崩れ去った都の中でただ一つ。

在りし日を思わせるほどの形を辛《かろ》うじて保っている魔王城。

既にボロボロのはずなのに、かつての威光を感じさせるその様は、見ていて圧倒される。

「……帰ってきたね。フィルカ姉さん」

「……そうね。懐かしいわ」

ここは魔王城であると同時にフィルカたちが生まれ育った場所でもある。

二人はやや遠巻きながらも隅々まで懐かしむように眺めていた。

俺たち三人は敢えて口を出すようなことをせず、ただ二人が満足するまで待つことにした。

ただ一つ、気になることがあるとすれば――

奥に何かがいる。

恐らくは先ほどの声の主。

多分、生者《せいじゃ》ではないのだろう。

「……よし、行こう。待たせたね」

何か言いたそうな気配を感じたが、ヴィクトは先へ行くことを選んだようだ。

開きっぱなしの城門を通り抜け、重い大扉がフィルカたちの手によって開かれた。

広い。

俺が知っている城はゼルディア王国のものだけだが、それと比べても一回りほど大きく感じた。

正面には二階へと続く大階段。

さらにその左右、そしてフロアの東西には長い廊下が伸びている。

灯りがないので全体的に暗いが、ところどころに設置された窓から入ってくる光のおかげでそれなりに視界は確保されているな。

「目的の場所はこの先だね」

そう言ってヴィクトは階段右の通路を指差した。

上も気にはなるが、鍵が使えるかもしれない場所は地下だと、彼は言っていた。

あまり時間に余裕もないし、まずはそこへと向かうべきだな。

そんなことを考えていると……

「――っ!?」

「レイル……？」

ぼっ、と。

何もない空間に小さな青白い炎が灯る。

炎は徐々に大きさを増し、やがて顔ぐらいの大きさとなって安定へと。

いや、この状態を安定と評していいのかは分からないが、これ以上大きくなることはなさそうだ。

「なんだ、あれは……」

「レイルくん、どうした？」

「いや、そこに変な青色の炎があるだろ？」

「……？　何もないけど……」

「……そうか。でも幻覚ではなさそうなんだが」

他のみんなに聞いてみても、全員首を横に振った。

つまりアレは俺だけに見えている……となると、アレがさっきの声の主か。

俺が死者蘇生の際に扱う炎とよく似ているが、やはりアレは死者の魂なのだろうか。

「お……おぉ……ヴィクト……フィルカ……待っていたぞ……!!」

喋った！

先ほどまでとは違い、今度ははっきりとした声で二人の名前を呼んだ。

炎はゆっくりとこちらへ近づいてきて、ヴィクトとフィルカの周囲をぐるぐると回り始めた。

「今、ヴィクトとフィルカの名を呼んだんだが」

「えっ？」

「本当なの？　レイル」

「ああ。間違いなく聞こえたぞ」

俺が二人に向けてそう伝えると、炎はピタリと回るのをやめて俺の方へと寄ってきた。

「貴様。我の声が届いているのか？」

「逆に俺の声もアンタに届くんだな。ちなみにさっきからアンタの声はずーっと俺には聞こえていたぞ」

「ほぅ……死魂《しこん》と化した我の声を聞き取るとは面白い。興味が湧いたぞ」

何だ、この偉そうな死魂（？）は。

というか死んだ魂は現世に留まることなど出来ずに、時間経過で天に昇っていくはずなんだが？

何故こいつだけこんなところを彷徨《さまよ》っているんだろうか。

「レイルさん、一体誰と喋っているんですか？　も、もしかして幽霊……？」

「うーん……多分そんなところだ」

「えっ、いるんですか、幽霊っ⁉」

「ああ、もしかして苦手なタイプか？」

「いや、いるんなら見てみたいなぁって！　捕まえて持って帰ったら兄さんが喜びます」

「幽霊の研究かぁ……ワクワクするね」

「あっ、ハイ。そうですか……」

これじゃあ幽霊の方が怖がっちまうだろ。

実際この謎の死魂も少しばかり俺たちを警戒して距離を置き始めているしな。

まあこいつらには見えないのが彼（？）にとっての救いか。

「それで、アンタは何者なんだ？」

「クク、我が名を尋ねられたのはいつぶりだろうか。いいだろう、答えてやる。我が名はヴィルザード。この城の主である！」

「ヴィルザード……城の主、か」

「ヴィルザードだって!?」

「うおっ！　急にどうしたんだ、ヴィクト」

「ヴィルザードはわたしたちの父、先代魔王の名前よ」

「そういうことだ。死者と語らう奇妙な人間よ」

なるほどな。

顔はないのになんかドヤ顔をされている感じがして少々ムカつくが、この死魂が先代魔王と言うのならあの態度も納得が行く。

そして俺たちが人間だと分かっていても、特に敵対する意思はなさそうだった。

「さあ次は貴様が名乗る番だ」

「……そうだな。俺はレイルだ」

「クク、レイルか。覚えたぞ」

「ね、ねえ！　レイルくん！　何とかしてオレたちも父上と話す事は出来ない!?」

「そう言われてもなぁ……」

そもそも死者と会話するなど本来あり得ない現象だ。

恐らく生死を操るネクロマンサーである俺だから成せる芸当なのだろうし、他の人にそれを可能にさせる方法を俺は知らない。

「というか先代魔王ヴィルザード。そもそもアンタは何故死んだのに昇天していないんだ？」

「我が魔力にて魂を現世に繋ぎ止めているからだ。果たさねばならぬ役割があるからな」

「そんな滅茶苦茶が通るのかよ」

「出来たのだから仕方あるまい。我にとっても賭けではあったがな」

流石、魔王の名は伊達《だて》ではないという訳か。

本来強制的に天へと帰っていく魂を強引に現世に留め続けるなど、並の者では決して真似する事はできない。

ネクロマンサーである俺でさえ、制限時間を過ぎればもうどうしようもないのだから。

「――とはいえ、限界も近い。貴様なら分かるのではないか？」

「……まあ、な。具体的な根拠は示せないが、相当無理をしているのは何となく分かる」

「肉体を失ってからどれくらい経つか。いくら莫大な魔力を持つ我とて、満足に回復しない状況で消費を続けていれば、いずれ限界を迎えるのは当然というもの。今日この場に我が子を連れて貴様が現れたのは僥倖《ぎょうこう》と言わざるを得まい」

「アンタがそんな無茶をしてまで果たしたい役目というのは何か分からないが、二人に伝えたい事があるなら俺が代わりに伝えよう」

「……本当は我の口から直接話したいこともあるが、死人に口なし。致し方あるまい」

「そうだな――ん？　待てよ……？」

もしかしてアレなら……？

俺の頭の中によぎる記憶。それは魔界に旅立つ前、フィルカと共にミストの研究所を訪ねた日の事だ。

あの時俺は何を見せられた？　そう、ミスト手製のミルアそっくりの疑似人体だ。

そしてその時ミストはこう言った。

ネクロマンサーの能力でこの肉体に魂を移してみないか、と。

「なあ、ミスト！　アレは持っているか？」

「へ？　急にアレって言われてもさっぱり分からないんだけど」

「アレだアレ！　この前見せてもらったあの疑似人体！」

「あーアレね。一応何かに使えるかもと思って持ってきてはあるよ」

「そいつを一体貸してくれないか？　試してみたいことがある」

「んー……あぁ、なるほどね。分かったよ。ちょっと待っててよ」

俺の意図を理解したのか、ミストは自身の道具袋に手を突っ込んで中をあさり始める。

特殊な術がかけられた道具袋の中に異空間が広がっており、見た目こそ小さいが、あの大きさの疑似人体が入っていてもおかしくはない。

まあ疑似人体《そんなもの》を常に持ち歩いているというのが、奴のマッドさをよく表しているのだが……

「ちょっ、ちょっと待ってください、兄さんっ!!」

「れ、レイルくん？　何をするつもり――」

「っと、そぉれっと!!」

手ごたえを得たのか、ミストは道具袋の中から勢いよく手を引き抜く。

そして現れたのが私服を纏ったもう一人のミルアだった。

やはりぱっと見では、どちらが本物か分からないほど精巧《せいこう》に作られている。

そして前回の反省から服はちゃんと着せてあるようだった。

本物のミルアの方へ視線を向けると、彼女はほっと安堵《あんど》のため息をついていた。

流石に二度も同じ失敗を繰り返すような奴ではなかったな。

「なっ……これは――」

これの正体を知っているフィルカは少し眉を動かしただけだったが、初見のヴィクトは若干戸惑っているようだ。

ヴィルザードの方は興味を示したのか、若干ミストに警戒心を抱きながらも、ミルアの疑似人体の周りをぐるぐると回って眺めている。

「先代魔王ヴィルザード。一つ賭けをしてみないか?」

「ほう……面白い。言ってみるがいい」

「俺はネクロマンサーという職業《ジョブ》を持っている。要はヒトの生死、魂なんかに関するスペシャリストだ。そしてそいつはここにいる大錬金術師ミストが作り出した疑似人体」

「ネクロマンサー……名前だけは耳にしたことがある。貴様がそうだというのか」

「ああ。そしてここで提案だ。今肉体を持たずに現世を彷徨っているアンタの魂、俺の能力でその体に憑依《ひょうい》させてみないか？」

「……ほう」

「!?」

「……なるほど、そう言う事なのね。レイル」

俺は無言で頷き、再び俺の前に移動したヴィルザードと対峙する。

こう言ってみたのはいいものの、成功する確率がどれほどなのかは俺にも分からない。

五十パーセントほどのいい勝負なのか、そもそもゼロパーセントで賭けにすらならないのか。

だがやらなければ、フィルカたちは父親と一言も交わすことなくこの場を後にし、その後一生チャンスが巡ってこないかもしれない。

まさに賭けだ。

「どうだ？　悪くない提案だとは思うぞ」

「ふむ……確かに、このまま我が子と言葉を交わすことなく天へと還るのは口惜しい」

「ちょちょっ、レイルくん！　そんな事が出来るの!?」

二人の言葉が若干重なった。

彼らにはヴィルザードの声が届いていないので致し方ないが、即否定ではないという事は伝わった。

「出来るかどうかは分からない。だが、試すことはできる」

「なるほどなるほど……悪くない。悪くはないが……」

「が？」

「当然失敗するリスクもあるのだろう。ならば消える前に我がやるべきことを果たすべきだ。そうだろう？」

「……まあ、その通りだな」

「皆に伝えろ。城の地下、隠された場所へ来いとな。そこに歴代の魔王たちが密かに護り続けたモノがある」

俺はその言葉を正確にみんなへと伝えた。

ヴィクトはすぐに言葉の意味を理解したようで、オレが案内すると宣言。

ヴィルザードはその様子を見て「我が言葉を覚えていたようで何よりだ」と小さく呟いたのが聞こえてきた。

「ちょー……せっかく出したのにさぁ」

「悪い、ミスト。また後で頼む」

「はいはい。全くしょうがないなぁ」

そう言ってミストは疑似人体の髪を軽く撫でてからそれを道具袋へと放り込んだ。

流石にアレを出したまま持ち歩くのは面倒だから仕方ない。

その様子をちょっと羨ましそうに見ていたミルアを尻目に、歩き出したヴィクトの後をついていく。

これから何が行われるのかは想像しにくいが、いい方向へ進む切り札となってくれればなと願うばかりだ。

## 三十話　ネクロマンサー、魔王の国の宝を知る

封じられた地下部屋を目指して、ヴィクトの案内で古びた廃城を進む。

地下部屋というのだから、どこかの部屋に隠し階段でもあるのかと思いきや、彼は一旦中庭へと出てそのまま奥へと進んでいった。

薄暗く、魔障による紫色の霧が立ち込める不気味な城だが、意外にも一階部分は奥に進んでも形が残っているところが多い。

しかし上階はほぼ崩れており、上を見れば魔界の曇り空を拝むことが出来る。

そして隠し通路とまでは行かないだろうが、普段はあまり使わないのだろうなと推測が出来る道を進んでいくと、迷路のように複雑に入り組んだ場所に出た。

「みんな、迷わないようにしっかりついてきてね」

皆その言葉に頷くも、視界が悪く少し気を抜いただけでも逸れてしまいそうという不安が俺の中でうっすらと湧いてくる。

その様子を察してくれたのか、フィルカは自然と自らを最後尾に置いた。

正しい道を知っているであろう彼女が後ろにいるのならば、安心だ。

「さあ、着いたよ。ここだ」

迷路を抜け現れた庭の奥で、ヴィクトが足を止めた。

そこにあったのは小さな池。しかもただの池ではない。

全体的に暗い色で統一されたこの魔界で、初めて見た白色に輝く美しい水面だ。

思わず目を奪われる幻想的な光景ではあるが、周囲を見渡しても地下へと繋がる通路があるようには見えない。

近くに隠し階段でもあったりするのだろうか。

「なあ、先代魔王。本当にここであっているのか？」

「まあ見ているがいい。ヴィクトが道を開く」

「……行くよ」

ヴィクトは己の杖を今一度力強く握りしめ、深く息を吸い込む。

取り付けられた宝石が妖しく輝き、ぶつぶつと呟く呪文のような声が静かな空間に響いた。

俺たちは彼らが言う道が開けるのをただ待つだけだった。

「——ッ、これでっ……!!」

最後の一節が終わった。

杖の先をやや乱暴に地面へと突き立て、ヴィクトはその強い思念を届けた。

そして——

「おお、これは……」

開かれた。

どんな魔法を使ったのかは分からないが、池の底に大穴でも空いていたかの如く、満たされていた水位が瞬く間に落ちていく。

気付けば美しい白は消え失せ、武骨な茶色の穴が俺の目に映っていた。

穴は奥深くへと続いており、淡いランプの光が、この先は道であると告げているようだった。

「これが我ら王家の血を引く者のみが開く事を許される道――と言いたいところだが、これ自体は術式さえ知っていれば誰でも開く事が出来る。故にヴィクトとフィルカ、どちらかが杖を持ってここを訪れるまで開かれぬよう我がさらなる封印を施していたのだ」

「……なるほどな、そう言う事か」

「さあ、早く行こう。さっさと済ませて父上に会おう」

「そうだな、行こう」

俺だけ聞き取れるヴィルザードの言葉に耳を傾けながらも、先へ進むヴィクトたちの後をついていく。

魂の移動が成功するという保証はないが、わざわざそれを言って水を差す必要はない。

さて、先代魔王が命を賭してまで護りたかった秘宝とは何なのか。

不謹慎ではあるが、男心をくすぐられるその存在にワクワクする自分がいる。

まあ隣にもっとそう言ったものに興味を示す男がいるのだが……

「ん？　どうしたの？」

「いや、何でもない」

珍しく口を挟んでこないミストだったが、基本動く事が嫌いな彼が黙ってついてきているという事は、相応の価値を見出《みいだ》しているのではないだろうか。

大丈夫だとは思うが、奴が暴走しそうになったら俺が止めないといけないな。

そんな事を思いながら未知の領域を歩いていく。

そして現れたのは、大きな扉。華やかさの欠片《かけら》もない錆《さ》びた鉄扉だ。

よく分からない紋様が前面に刻み込まれており、もし遺跡などで見つけたならば、この先のお宝が期待できるような雰囲気を感じさせられる。

「……杖が反応している？」

ヴィクトが懐から取り出した王家の紋入りの不思議な杖。

先端に取り付けられた紅色の宝石が一段と強く輝いている。

そして彼はまるで杖に動かされたかのように握っていた右手を高く掲げた。

すると――

「うおっ‼」

「ひやっ⁉」

杖から赤色の光線が伸び、鉄扉に埋め込まれた球体へ突き刺さる。

そして球体を中心として紋様の上を走るかのように光が広がっていき、端まで行き渡ったところで爆発したかの如く激しく発光した。

「うぐ……何が起きた……？」

一瞬視界を潰されたことで痛んだ目を擦りながら、ゆっくりと首を上げていく。

その先に広がっていたのは、溢れんばかりの光だった。

光。あるいは白？　そうとしか表現できない。

開かれた扉の先には、何も見えない真っ白に光る空間が広がっていたのだ。

「このまま進めばいいのかな？」

「ここまで来て引き返す意味はないわ。行くわよ、ヴィクト」

「そうだね……」

「この先にお宝かぁ、何があるんだろうね。僕の興味を惹くものだといいんだけど」

「ふふ、楽しみですね、兄さん」

ヴィクトを先頭に次々と光の中へと足を踏み入れていく。

俺は一瞬ヴィルザードの方へと視線を向けたが、彼は「進めば分かる」とだけ言って、先に行ってしまった。

という訳で俺もそのまま扉の先へと足を踏み入れた。

何もない、真っ白な空間。

前後左右、そして上下。今、自分が歩いている場所がどこなのか分からない光の世界。

だがしばらくして体がふわふわと浮くような感覚がして、気付けば俺たちは神秘的な森の中のような場所にいた。

「ここは……」

澄んだ空気に、耳を撫でるような水の音。

周囲を囲む鉄色の壁がこの箱庭空間を形作っている。

足元には小さな緑が広がり、奥、そして周囲を囲むように水が溜まっており、さらにどこから湧き出ているのか、壁から漏れ出た美しい水がいくつもの小さな滝を生み出していた。

天井からは人間界のような空色が差し込んでおり、ここが魔界であることをつい忘れてしまいそうだ。

皆もこの不思議な空間に魅入られて、しばらく言葉を発していない。

歴代の魔王が守り続けた宝物がある場所という事で、もっと違った光景を予想していたので、いろいろな意味で裏切られた気分だ。

一体ここには何が眠っているのだろうか。

「――っ!?　こっ、これはっ!!」

「どうした、ヴィクト？」

「みんな、こっち来てみて!!」

奥の池の近くで何かを見つけ出したのか、ヴィクトが俺たち全員を集めた。

そこにあったのは――

「苗木？」

そう、小さな苗木だ。池を囲むように小さな苗木がいくつも生えている。

これもまた魔界の植物らしからぬ鮮やかな緑色の葉を付けており、弱々しい見た目に反して感情を刺激するような不思議な魅力を感じる。

それを見て何かを感じ取ったのか、ミストがすぐ傍まで駆け寄り、しゃがみ込んでじっくりと観察し始めた。

「やっぱりコイツは……ねえ！　これってひょっとして神樹《しんじゅ》の苗木じゃないか⁉」

「神樹、ですか？」

「なんだそりゃ、初めて聞いたぞ」

「神樹――即ち神の樹《き》。神話の時代に神が作り出したとされる伝説の植物だ。長年僕はそれを追い求めていたから、もしかしてと思っていてね」

「神樹、神の樹ねえ……なんでお前はそんなものを？」

「っと、ごめん。喋り過ぎた。今の話は忘れてくれ」

「……よく分からぬが、人間界ではそれの事を神樹と呼ぶのか。我が国では魔界宝樹《まかいほうじゅ》と呼ぶ。神獣より授かりし我らの希望だ」

「魔界宝樹の苗木⁉　そんなものが何故こんなところに……」

神樹。そして魔界宝樹。どちらも初めて聞く単語で少々頭が混乱するが、この小さな苗木が俺の想像を超える凄いものであるというのは分かった。

魔界を守護する神獣から授かりしモノという事は、さぞかし重要な役割を果たしているのだろうが、ミストは一体何故そんなものを追い求めていたのだろうか。

「さて、ここまで案内できたのならば十分だろう。レイルよ。先ほど言っていた魂の移動、試してもらえるか」

「え、あ、ああ。それは構わないが……ミスト、いいか？」

「もちろん。ほら――よっと！」

俺が疑似人体を要求すると、ミストはすぐに立ち上がって取り出してくれた。

何度見ても精巧でよくできているミルアそっくりの疑似人体に、先代魔王のヴィルザードの魂を憑依させる。

成功確率は予測不能。下手したら術者の俺にまで何らかの悪影響があるかもしれない。

でも、やってみる価値はある。

「ちょちょ、ずいぶん急だね⁉」

「レイル、気を付けて」

「まあ、何とかなるだろう。それじゃあ行くぞ」

「うむ。来るがいい――っ‼」

一瞬目を瞑《つむ》る。意識を集中させ、己に眠るネクロマンサーの能力と対話を試みる。

そして静かに灯る、白みがかった青色の炎。

ネクロマンサーが扱う、死を操るための炎だ。

ゆっくりと面を上げ、じっとヴィルザードの死魂《しこん》を見つめた。

唾を飲み込み、慎重に炎が灯った両手を彼に向けて突き出す。

そして右手のひらから青白い光がヴィルザードへと伸びて行き――捕まえた。

死魂共有《ネクロリンク》で俺と彼の魂を繋ぎ、次のステップへ――

「っ⁉」

ズキンと、頭が痛む。

そして流れ込んでくる。あの時の――大国ヴァルファールが一夜にして落ちた、あの悪夢が……

呑み込まれる……これは恐らくヴィルザードの記憶……

俺がフィルカに使った時とは違い、何か強い意志を持った魂がこちらに訴えかけてくる。

魔物の大群。悍《おぞ》ましい魔に堕ちた竜の姿。混乱する民たち。

そして――

「っは‼」

俺は一旦全てを振り払い、寝かされたミルア型の疑似人体へと視線を落とす。

行ける。そう根拠のない確信を得て、魂をやや強引に動かしていく。

抵抗はない。だが妙な圧力が襲い掛かってきてゆっくりとしか動かせない。

釣りのように繋いだ光を通じてじわじわと移動させていく……他の皆には見えないだろうが、確実に動いていている。

そしてようやく体が慣れてきて、それからは早かった。

そのまま勢いで疑似人体のすぐ傍まで魂を寄せ、次は左手のひらから光を放って俺を介して疑似人体とヴィルザードの魂を繋ぐ。

最後に俺を介さずとも二つの存在が繋がりを維持できるようにすれば完成だ。

あと、少し――――！

「……どうだ？」

ため込んでいた息を一気に吐き出すと同時に、両手に宿った炎が消失する。

ヴィルザードの魂を疑似人体に取り込ませた瞬間、小さく体が震えたのは見えた。

多分、上手く行ったと思うのだが……

「魔王ヴィルザード、聞こえているなら返事をくれ」

……返答がない。それどころか指一本動いていない。

失敗か？　俺のミスか、それともミストの疑似人体側の問題か？

分からない。どうして動かないんだ？　一体何が悪かった？

「……お父様、そろそろ演技はやめたらどうかしら」

「へ？」

「……クク、流石は我が娘。ネクロマンサーよ、まんまと騙されおったな」

「お前！　俺を不安にさせるためにワザとじっとしていやがったな!!」

「クク、許せ許せ。軽い冗談だ。見ての通り成功したようだ、感謝しているぞ、レイル」

チッ、ここでジョークを挟んでくるような野郎だったとは思わなかったぜ。

全く、ヒヤヒヤさせやがって。まあ上手く行ったようで何よりだ。

そして疑似人体改めヴィルザードが、慣れない体で苦戦しながらもゆっくりと立ち上がる。

「も、もう一人の私が目の前で動いているって、とっても不思議な気分ですね……」

「本当、どこからどう見てもミルアそのものにしか見えないな」

「だろう？　僕が長年かけて造り出した最高傑作の一つだからね」

「……ふむ。疑似人体と言っていたが、作り物とは思えぬほど馴染むぞ」

「……私の声で私とは全く違う喋り方をするのも違和感でしかないですね」

この場に似合わぬワンピース型の私服を纏ったピンク髪の小柄な美少女。

童顔で可愛らしい見た目をしているが、中身は魔王のおっさんという、正直違和感しかない組み合わせだ。

時間があればもっといい疑似人体を用意できたのかもしれないが、この際仕方あるまい。

「れ、レイルくん。本当にこの人が父上なのかい？」

「多分それで合っていると思うが」

「ふむ、ならば我が本物であるという証明をしよう。アレはヴィクトが十歳の頃だったか。ある日大口叩いて訓練を突如抜けた出したお前が――」

「わ、分かった分かった！　本物の父上だと認めるからその先は！」

「ふふ、そう言えばそんな事もあったわね、ヴィクト」

「うっ……あの時の事は本当に感謝しているよ、フィルカ姉さん……」

珍しく笑みを漏らしたフィルカと愉快そうなヴィルザード、そしてやや恥ずかしそうなヴィクトの三人。

人間側が普段想像する魔王一家のイメージとは全く違う、本当に家族仲がよさそうな穏やかな雰囲気だ。

「……さて、声も得た事だ。改めてこの魔界宝樹について簡単に語ろうか。残念だがあまり時間もないようなんでな」

「父上、それはどういう意味で？」

「我は今レイルの能力によって肉体を得たが、蘇生されたわけではない。一時的にこの体を借り受けているだけにすぎん。その上我の魂は既に消耗しきっていて限界が近いのだ」

「そう言う事になるな。正直憑依が成功しただけでも奇跡に近い。天に昇らなくてはならない魂の理《ことわり》に逆らって現世に留まり続ける苦痛、俺たちには量れまい。それに時間がないのはこっちも同じだ。ミストの魔道具の限界時間が迫っている」

「なるほど、それなら仕方ないね……」

「では簡潔に話そう。魔界宝樹の苗木が何故ここにあるのか、その理由をな」

## 三十一話　ネクロマンサー、魔王の国の宝を持ち帰る

「まず魔界宝樹《まかいほうじゅ》とは、魔族がこの魔界という過酷な環境下で生きていくためになくてはならないものだ。かつて我が国にも巨大な魔界宝樹の成木が存在していた。今は焼き払われてしまったがな。

そしてその役割とは、超広範囲かつ莫大な量の魔障を吸収し無毒化する事だ」

魔界宝樹。それは神獣から授かりし魔族の希望と言っていた。

その正体は危険すぎる濃密な魔障を浄化し、魔族たちが暮らしていける領域を作り出すモノの事だったのか。

以前フィルカが言っていた、神獣の加護の下で生活しているというのは、そう言う意味だとようやく理解できた。

「故に魔界における宝の樹、魔界宝樹。そしてこの苗木は万が一地上にある魔界宝樹が死を迎えた時に、再び魔族が生きていける場所にするための備えという事になる」

「……そうか！　だから父上は――」

「本来ならばヴィクトとフィルカ、どちらかに魔王の座を譲り渡す際に伝えようと思っていた。だが今回に限ってはそれでは遅すぎたと言われても仕方ない。こうして我の願い通り、お前たちがここに来てくれたのは運が良かったと言わざるを得まい」

「もし来なかったらどうしていたんだ？」

「我の魂が消滅する直前になんとかして宝樹の苗木を外に出し、イチかバチかでこの地の浄化を試みただろう。鍵である杖はヴィクトに渡したものだけではなく、もう一本存在するからな。ちなみにだが、もしヴィクトが杖を持ってこなかった場合は、それを渡す予定だった」

「……一応しっかり考えていたんだな」

「クク、一応とは失礼な。我とて王。無策では動かぬ……とはいえ、賭けにしか持ち込めなかった時点で、策とは言い難いのかもしれぬがな」

そう言ってやや暗い表情を作るヴィルザード。

時間があれば、あるいは相談する相手でもいれば、もう少しいい案はあったのかもしれない。

しかしあまりに突然すぎる国の危機を前に、これ以上のものを考える事は俺もできなかっただろうな。

「だが……ここに来たという事は、我がヴァルファールを復興させる足掛かりを掴んだと捉えていいのだろう？」

「……ええ、もちろんです。父上。あと少し、あと少しで可能性が見えてきます」

「ならばこの魔界宝樹の苗木が必ず役に立つ事だろう。これはこういう時のために存在するものだ。遠慮なく持っていくがいい」

「……お父様、ありがとう」

「ミスト、その魔界宝樹は使えそうか？　あの魔障竜を打ち破る武器を創れそうか？」

「流石に、詳しく調べてみなきゃ分からないさ。だが……多分、出来ると思う」

神獣から授かりし、魔障を無毒化する伝説の樹を素材に使えば、あの魔障竜の魔障を浄化する武器が作れるかもしれない。

普通に戦っても絶対に勝てないから、奴を正気に戻すしかないのだ。

そのための足掛かりを掴むという意味では、ここに来て正解だったようだ。

ミストは再び苗木の傍へと駆け寄り、慎重にそのうちの一本を土から取り出した。

そして両手で優しく包み、俺たちの方へ持ってくる。

光沢があるようにすら見える、美しくも小さな苗木。

これが俺たちの希望の欠片の一つになるのか。

「魔王さん、これはいくつもらっていいの？」

「全て持っていけ。良からぬ者に利用されるくらいならば、お前たちにすべて託した方がいい」

「良からぬ者……？」

「……気を付けるがいい。我が国の滅亡は単なる自然災害ではない。その裏で糸を引く者がいる。我はついにその正体を掴むことが出来なかったが、奴らの手に苗木が渡らぬよう護り切った。次はお前たちの番だ」

言葉では表せない緊張感が場を包む。

良からぬ者。ヴァルファール王国を滅ぼした奴が裏にいる？

アレは神獣こと聖竜アズラゴンが魔障竜に堕ちてしまった事によって起きたモノではないのか？

いや、そもそもアズラゴンは何故魔障に堕ちた？

ああ……なるほどな。そういうことか。

「さて、話は終わりだ。後は任せたぞ」

「……父上は、このままここに残られるので？」

「そのつもりだ。我は元よりこの地で死した身。愛するこの地から天へと還るとしよう」

どうせ死ぬのならば、この場所で。

それは最初から決めていたことなのだろう。

蘇生してやれるならもちろんそうしてやりたいが、残念ながらそれはできない。

まあ、もしできたとしても、多分拒否されるんだろうけどな。

「そう、ですか……」

「……ヴィクト、お前は腕っぷしはフィルカには及ばぬが、民から好かれ皆を導く才能がある。我のようになれとは言わぬ。お前はお前自身のやり方で、フィルカと共にヴァルファールの民を導いてくれ」

「っ!!　分かり、ました」

「フィルカ。お前には過度な期待をかけてしまったな。だがそのおかげでお前は強い子に育ってくれた。今後は魔王として弟のため、国のため、そして何より自分のためにその力を振るってくれ」

「……分かっているわ、お父様。だから安心して逝《い》って」

二人の子が言葉を返すと、ヴィルザードは満足そうにかすかな笑みを浮かべた。

そして一呼吸置き、俺の前まで歩いてきた。

「短い間ではあったが、世話になったな。我が子たちとどういう関係なのか詳しくは知らぬが、今後も二人の友であり支えてくれることを願う」

「……そうだな。一度乗り掛かった舟だ、最後まで協力するさ」

「フッ、不思議な人間だ。もう少し時間があれば、酒でも酌み交わしたかったものだ」

「……そうだな」

「さて、この借り物の体を返そう。なかなかよくできた体だった」

こういう場でなければ変な意味で捉えてしまいそうだが、どうやら疑似人体の居心地は良かったようだな。

ミストは当然だろうと言いたげな顔をしているが、これぱかりはミストの技術力に驚かされるのみだ。

「さあ、解放してくれ」

「……分かった」

俺は彼の望み通り、再び両手に青色の炎を宿して先ほどとは逆の作業を淡々とこなしていく。

一度やって体が覚えたのか比較的スムーズに事が進み、数秒後には完全に疑似人体は動かなくなっていた。

そして炎を消すと、そこには最初に出会った時の姿でヴィルザードが浮いていた。

ミストが手早く疑似人体を回収し、採取した苗木も同時に袋へと収納していく。

ヴィクトはしんみりとした表情と、それを隠そうと頑張っている表情が交互に入れ替わっており、フィルカはフィルカでどこか遠くを見つめるような目をしていた。

「とりあえず、戻ろう」

このままではダメだと思い、俺は敢えて切り出した。

そして全員が一度俺の方向を向いてから無言で頷いた。

再び俺の目にしか映らなくなったヴィルザード。彼は何も言わなかった。

一人、また一人と光の扉を潜《くぐ》り抜けて元の世界へと帰っていく。

そして最後、俺の番だ。今一度振り返ってみる。

神樹の苗木という宝物を失ったこの空間が、どこか寂し気に見えるのは俺の思い込みなのだろうか。

恐らくもう、この場所に来ることはないんだろうな。

そう思いながら扉を潜る。

「——もう一度我に、ヴァルファールの栄光を見せてくれ。頼んだぞ、我が子たちよ」

最後に一言、俺の耳にヴィルザードの願いが届いた。

思わず振り返った先に、彼の姿はもうなかった。

◇　◇　◇

その夜。

集落へと戻ってきた俺たちは、来《きた》るべき決戦に備えて各々準備を行っていた。

ミストは早速持ち帰った神樹を研究すべくこもっており、ミルアはいつも通りその世話役に。

ヴィクトは残されたものから使えそうなものを探しに行った。

そして俺はというと、いろいろな作戦を練っていたところでフィルカに「ちょっといい？」と呼び出されて、外に出ていた。

「急にどうしたんだ？　フィルカ」

「……少し、わたしの愚痴を聞いてもらえる？」

「愚痴？　別に構わないが……」

「ありがとう、レイル」

フィルカの方から会話に誘われるのは初めてだな。

父王と再会したことで何か思うところがあるのだろうか。

「……わたし、実はお父様の事があまり好きではなかったの」

「……そうだったのか」

「特別嫌いという訳ではなかったけれど、わたしにとってお父様はいい意味でも悪い意味でも越えられない人だったわ」

いきなり重くなりそうな話を振られたな……

いい意味でも悪い意味でも越えられない、か。

身も蓋もないことを言ってしまえば、邪魔だったと捉える事も出来てしまう。

「わたしは生まれた時から強い魔力を持っていて、次期魔王に相応しい存在だとしてお父様は強く期待したそうだわ。後から生まれたヴィクトと比べても、わたしは飛び抜けていたらしいわ」

「……生まれながらにして、か」

「だからわたしは鍛えられた。幼い頃からずっと、満足に遊ぶ暇すらなく鍛えられたわ。お前ならば誰よりも強い存在になれるって、そう言われながらね」

「……そうだったのか」

「その時のわたしは、今よりももっと明るかった。よく笑う子だったって、みんなに言われたわ」

笑顔のフィルカ、か。

一度だけ見た事はあるが、基本フィルカは表情がほとんど変わらないので、アレは非常にレアケースだったのだと後になって思った。

元からそう言う性格なのだとばかり思っていたが、違ったのか。

「あの時はもう毎日がつらくて、他の子供たちは元気いっぱいに遊んでいるのに、どうしてわたしだけ仲間に入る事が出来ないんだろうって思っていた」

「…………」

「……ヴィクトも、わたしと一緒にちょっとは鍛えられていたけど、あの子はわたしほど期待されてはいなかった。だからそれなりに自由に生活していて、あの子自身の優しさやカリスマ性もあって、すぐに民たちから人気の存在になっていたわ」

「……そうか」

話が重すぎて、迂闊なことを言えない。

ただ、生まれ持った能力に差があるというだけでここまで扱いが変わってくるものなのか。

もし俺がフィルカの立場だったら、ヴィクトに対してどういった感情を抱いていただろうか。

そして逆にヴィクトの方も、フィルカに対してどんな思いを抱いていたのだろうか。

今でこそ仲のいい姉弟に見えるが、もしかしたら昔はいろいろと確執があったのかもしれない。

「正直、羨ましかった。でも、ヴィクトはヴィクトで私の生まれ持った才能に嫉妬していたと思うわ。あの子はあの子で自分なりに認めてもらう方法を見つけ出すために努力していたから……」

「……複雑だな」

「そうね、複雑だったわ。そしてひたすら自分の強さを磨き続ける毎日を送る中で、嫉妬や羨望《せんぼう》から逃れようとして、あまり感情を表に出せない——いや、そもそも感情を動かすという行為そのものを放棄するようになっていたわ」

「そう言う、理由だったのか」

「余計な思考を捨てれば、つらい、苦しいなんて思わなくて済む。そんな日々を送り続けたある日、祖国が滅びた。お父様が死に、家族はヴィクトだけになった。だけどわたしは……」

フィルカの口が、一旦動きを止めた。

座り込んだまま地面をじっと眺めて、膝に顔を埋めた。

いろいろとトラウマのようなものを思い出してしまったのだろうか。

俺は特に意図せず、気付けばフィルカの手に自身の手を重ねていた。

何も言わず、ただ手を置いてみた。

「レイル……」

「ゆっくりでいい。焦らなくても、まだまだ時間はある。どうして俺にそんなつらい過去を打ち明けてくれたのかは分からないけど、話してくれると言うなら、いつまでも待つから」

「……ありがとう、レイル」

正直なところ、フィルカの過去を聞いて、俺がどういった対応を取ったらいいのかはまだ分かっていない。

でも、放っておきたくない。このまま薄情に感情を切って終わりたくはない。

さらに言えば、もっとその先を聞きたい。フィルカの事を知りたい。

だから、待ってみる。彼女が落ち着くまで、話を再開できるまで、ただ待ってみる。

そしてしばらくして、まだ落ち着いていないのにフィルカは声を絞り出し始めた。

「……心のどこかで、良かったって、そう思ったの」

「……え？」

「国が、滅びて、良かったって……良くないはずなのに、わたしは、自由になったんだって……だからっ……」

「っ!!」

瞼《まぶた》から溢れ出た感情が水滴となり、彼女の頬を伝う。

今まで見た事がない、暴走したフィルカの感情。

国が滅びて良かった。そんな事、みんなの前では絶対に言う事が出来るはずがない。

「……っ、わたしは！　ずっとその想いを隠して、国を復興させるためにって言い張って、レイルたちも巻き込んでっ……!!　でも本当はっ――」

「落ち着け……大丈夫だから、落ち着け」

「みんなのため、平和のためなんていう資格、わたしにはないはずなのにっ……」

——そういう大層な目的を持っていないと、わたしが今まで頑張ってきた意味がなくなっちゃうから!!

「っ!!」

フィルカはあの時こう言った。

このままでは人間も魔族も滅びの道を辿ってしまい、誰も幸せになれない。

だからわたしが動いて変えないといけない、と。

俺はあの時、フィルカの事を勇者なんかよりもよっぽど勇者らしいと、そう答えた。

でもそれはフィルカが自分を保つために掲げていた目標に過ぎなかった。

今まで全てを捨てて鍛え上げてきた自分のチカラには何か意味があると、そう自分に言い聞かせないとやっていけなかったのだろう。

だから彼女は——

「……そうか、あの時感じたのは、こういう事だったか」

俺はその時、何か重く暗いエピソードを背負っている奴の考え方は違う、とそう考察した。

それは祖国が滅ぼされたことなどではなく、フィルカ自身が子供の頃から背負ってきた闇の部分を指していたという事だったらしい。

いつもの凛とした表情はどこへやら、いろいろな感情が噴き出してきた彼女の顔は、ぐちゃぐちゃになっている。

「失望、したよね。レイル」

「……こういう表情も、ちゃんとできるんだな」

「……え？」

「いや、良かったなってさ。感情がなくなったって言っていたけど、まだちゃんと笑えるし、そう言う悲しい表情もできる。フィルカはまだ、壊れていないんだって。だから安心したって言うかさ。なんて言ったらいいんだろうか」

「………」

腫れぼったい顔を隠す事すらせず、深紅の瞳で真っすぐ俺を見つめてくる。

いつものクールな美人姿は台無しだが、俺は今のフィルカの方がよっぽど人間らしくていいと思う。

いや、彼女は人間じゃなくて魔族なのだが、正しい表現が思いつかないからこれでいいや。

「……いいんじゃないか？　別に、世界を救うのに正しい理由なんていらないだろ」

「正しい、理由……」

「俺は昔っからさ、英雄に憧れていたんだ」

「英雄……？」

「そう、英雄だ。物語の主人公とか、他に誰も真似できないような功績を挙げてみんなを救って、称賛されて、そして最後にはかっこよく死ぬ。そんな英雄にさ、憧れていたんだ」

つい自然と、口が動いてしまう。

別に話す気なんてなかった、俺が心の奥底に秘めていたしょうもない思いだ。

誰にも聞かれたくなかった、俺の本音を、語ってしまおう。

「でもさ、俺が実際に出会った英雄役を任せられた奴は、どうしようもないクズだったんだ。自分の事しか考えてないし、周りにも自分に合わせるように要求する。努力なんてしないし、平気で人の事を見下すクズ野郎だ」

「それが、勇者？」

「そうだ。そして同時に俺はどう頑張っても皆の先頭に立って勇敢に戦えるタイプじゃなかった。つまり俺が憧れた英雄には程遠い役割しかできない事を分かってしまったんだ」

「それは……」

「だから、俺は英雄をサポートする陰の役に徹する事にした。いつか改心して、世界を救う英雄になってくれるはずの勇者のために頑張った。まあその結果はご存じの通りってやつなんだがな。ははっ……はは……」

乾いた笑いが漏れる。

思い浮かぶのは勇者ラティルの情けない姿。

こういう奴だから仕方ないと、何度思った事か。

だがそれ以上に、いつかきっと変わってくれると、何度思った事か。

奴は最後まで変わらなかった。だから俺も愛想を尽かして、彼らを見捨てた。

同時に俺はもう英雄譚《たん》なんて描くことはできないと、そう察して。

今までやってきたことは何の意味もない、無駄な時間だったと絶望して。

「だからさ、その後フィルカと出会って話を聞いた時、チャンスだって思ったんだ」

「チャンス……？」

「この女についていけば、俺はもう一度英雄に近しい道を歩めるんじゃないかってさ」

「それは……」

「な？　しょうもない理由だろう？　俺は世界中のみんなのために、自分を犠牲にして世界を救おうなんて大それた発言はできない。俺は俺の欲求を満たすためだけにこんなことしているんだ。つまり俺もお前も究極的には同類に過ぎないって訳だ」

二人揃って、勇者ラティルとは違った形ではあっても、自分の事しか考えられないどうしようもないクズ野郎で、でも、それでも世界を救う事が出来たらそれはそれでいいじゃないか。

「クズ野郎が世界を救っちゃいけないなんて法律はこの世界にはない。俺たちは俺たちの勝手な理由でヴァルファール王国を、人間界を、魔界を救うために頑張ってみる。それじゃあダメなのかな」

「レイル……」

「フィルカだって、本当はそんなこと願っていなくても、ヴァルファール復興のために頑張ってきたのは事実なんだろう？　それはそれでいいじゃないか」

気付けばフィルカの涙は収まっていた。

若干頬を赤く染めながら恥ずかしそうに指で拭って、いつもの美しいフィルカに戻ろうとしている。

その姿がどこか愛らしくて。他人とは思えなくて。つい距離を詰めたくなってしまう。

今やっている事は、ただの相互肯定に過ぎない。

お互いがやってきたことは間違いじゃないんだと、何の根拠もなく認め合っているだけに過ぎない。

でも、それでもいい。それで満たされるなら、それでもいい。

「今はさ、お互い戦う事でしか自分を表現できないけれど、もしヴァルファール王国を復興させて、人間と魔族の戦争を終わらせて平和が来たら、その時は一緒に俺たちらしい生き方を探してみないか？」

「わたしたち、らしい？」

「そうだ。例えばフィルカなら、今までできなかった子供っぽい遊びを存分に楽しんでみたり、女の子らしい趣味を見つけてみたり、あるいは全く別の楽しい生き方があるかもしれない」

「わたしの、楽しい生き方……」

「そうだ。全てが終わって、ヴァルファールの魔王でも王女でも、あるいは元勇者パーティのメンバーでもネクロマンサーでも何でもない、ただの一人の人間と魔族として」

もはや自分でも何を言っているのか分からなくなってきた。

ただ感情任せで勢いのままに出てきた言葉を繋いでいく。

でもこれは、紛れもない俺の本心なのだろう。

俺が放った言葉を、俺自身が一番納得して認めているのだから。

「でもさ、それには全てを終わらせてからじゃないといけない。魔障竜を討ち、ヴァルファールの地を元に戻して、もしかしたらその先も戦わなければいけないかもしれない」

「それは……」

「一度首を突っ込んでしまった以上、見捨てるのはあまりに寝覚めが悪いし、俺たち以外にやれる奴は恐らくこの世界にはいない。だから、全てを終わらせてからだ」

「……そうね、その通りだわ」

「だからもう少しの間だけ、自分のために頑張ってみようぜ。そしたらその先は自由にすればいい。きっとすっきりとした気分で人生を楽しめる……はずだ」

今はやるべきことが決まっている。そのためにみんなで頑張っている。

だったらまずはそれを全力でやり切って、それから気分よく第二の人生を歩む。

先のこと過ぎていつになるかは分からないけれど、フィルカには希望を持ってほしかったし、俺自身も今の自分の立ち位置と目的を再確認したかった。

「さあ、今日はもう戻って休もう。お互い本音を吐き出して疲れたしな」

「……わたし、お父様に一つ、とっても大きな嘘をついているわ」

「……ん？」

「お父様はわたしが自分の跡を継いで魔王になったと思っている。でも実際には弟と二人で話し合って、わたしの我儘《わがまま》も押し通してヴィクトが魔王の座についている」

「そう、なるな」

「……でも、お父様はもうこの世界にはいない。わたしはもう、誰にも捕らわれない。だからもう、気にしないし、迷わない。わたしはわたしのやり方で進むわ」

少し腫れた瞼から放たれる強い深紅の瞳の光。

もう、迷いは消えたようだ。

これで明日からも、今日のように、いや今日以上に力を発揮できるだろう。

「……やっぱり、勇気を出してレイルに話して良かった」

「そういやなんで俺にこんなこと打ち明けてくれたんだ？」

「……家族以外で、初めてできた親しい人、だから。わたしにできた、初めての友達、だから」

やや恥ずかしそうに、「ダメかな？」と言った視線で訴えてくる。

俺自身も若干照れ臭くなって口角が上がってしまったが、それを強引に抑え込むように首を横に振った。

「これからも頼りにしているよ、フィルカ」

こんな言葉しか今の俺の頭では出てこなかった。

だがフィルカはそれを満足そうな顔で受け取って、立ち上がる。

「……わたしも、これから先の未来、レイルと一緒に見つけてみたいな」

「……え？」

「ふふ、なんでもないわ」

「……？」

最後の方は小声でよく聞き取れなかったが、フィルカとの距離が少し近くなったような気がして今日は気分よく寝られそうだと、思いながら借りている家へと戻っていった。

## 三十二話　ネクロマンサー、魔障竜と決着をつける①

「出来た！　ついに出来たぞ！　あの竜を打ち破る究極の武器が‼」

意気揚々とミストがやってきたのはあれから僅か二日後の事だった。

どうやらほとんど寝ずに作業をしていたようで、彼の眼の下には薄い隈ができている。

だがそれとは裏腹に、非常にハイテンションで嬉しそうだ。

「もう出来たのか？　随分と早かったな」

「当然！　僕は天才錬金術師だからね。これくらいお手の物さ」

「それで、実物を見せてもらえるか？」

「ああ、これさ！」

そう言ってミストが取り出したのは、一振りの剣だった。

しかしただの剣ではない。

銀を基調にした刃にはいくつも枝分かれした緑色に光る線が走っており、柄の中心には透明な球体が埋め込まれている。

そしてその左右には羽を模した装飾が成されており、持ち手にはヴァルファール王家の紋が克明に刻まれていた。

この前見たばかりの封魔《ふうま》の剣《つるぎ》をベースに強化したものと表現するのが一番正しいだろう。

「名づけるならば――名づけるならば……封竜の剣？　それとも封魔の剣・改？　いい名前が思いつかないや」

「封竜の剣でいいんじゃないか？　よく分からんが」

「じゃあ仮に封竜の剣としようか。こいつは一言で言えば、神樹に備わっていた魔障吸収及び無毒化の能力を活性化させて封魔の剣と組み合わせたものだ。詳しく語ろうと思えば一時間はいけるけど、流石に聞きたくないだろ？」

「興味はあるが今は遠慮しておく」

「ん、分かった。で、この封竜の剣の使い方だけど、非常にシンプル。誰でもいいからこれを竜に突き刺すだけでいい。そうすればあとは勝手に剣が竜の魔障を吸い上げて無毒化しつつ吐き出してくれる」

それだけでいいとはなんと素晴らしい性能だろうか。

……と言いたいところなのだが、あの強すぎる魔障竜にこんな小さな剣を突き立てる行為がどれほど難しいかは想像に難くない。

しかも剣を指すことに成功したからと言って、奴が抵抗しないとは限らない。

魔障の浄化が終わるまでの間、大人しくさせる必要があるわけだ。

「問題はどうやって魔障竜を大人しくさせるかだな」

「そこに関しては専門外だから、キミたちにお任せだけどね。僕が出来るのはせいぜいサポートくらいさ」

「そうだな。そこに関しては俺たちで何とかするしかない……と言っても前衛の二人には特に頑張ってもらわないといけないだろうが……」

そう言って俺はフィルカとミルアに視線を向けると、二人は頷いてみせた。

今回、戦闘に挑むこちらのパーティは全部で5人。

前衛に魔導剣姫《まどうけんき》のフィルカ、剣聖のミルア。

その後ろに転移術師《トランスルーラー》のヴィクトとネクロマンサーの俺がサポートに入る。

そして最後尾で大錬金術師であるミストが様々なサポートを行う形となる。

できる事ならばフォルニスの奴にも手伝ってもらいたかったのだが、残念ながら奴は今、この場にいない。

というか、アイツがここへ戻ってくるのかすら不明な状態で、待っていても仕方がない。

「……よし、行こう」

作戦は様々なパターンを考えてきた。

これ以上は考えても仕方ない。

後は持てる力を全て出してあの竜を正気に戻すだけだ。

「さーて、それじゃあ出発しようか。みんな、準備はいいかい？」

ヴィクトの言葉に全員が頷く。

移動手段はもちろん、彼の転移魔法だ。

濃い魔障が覆う領域での活動時間に限界がある以上、彼の力に頼るのは必然。

ヴィルザードから譲り受けた神樹をすぐに植えて全体の浄化を試みても良かったが、万が一魔障竜やその裏にいるであろう輩《やから》に感づかれて処理されては意味がない。

故に魔障竜問題を片づけてからにしようと話し合って決めたのだ。

そして転移魔法が起動し、宙に浮くような感覚と共に、長い長い距離を移動していく。

◇◇◇

「ここは……」

「恐らく魔界ダンジョンの最上階。この階段を昇れば、きっと屋上に出る事が出来るわ」

現在俺たちがいるのは魔界ダンジョン内部、つまり塔の内部である。

ダンジョン。グランドーラの最下層にあった狭間《はざま》の神塔《しんとう》とよく似た内部構造ではあるが、壁の色や形など若干異なる点がある。

このまま奥にある螺旋《らせん》階段を上っていけば屋上に到着し、魔障竜が待っている……はずである。

今更だが現時点で魔障竜がこの地に留まっている保証はどこにもないという事に気付いてしまった。

気付いてしまったがそれを今言っても仕方がないので、いる事を願いつつ黙っていくことにする。

もしいなかったならばしばらく待つか、改めて出直して探し回るしかあるまい。

◇　◇　◇

静かな空間に階段を踏む複数の靴の音が響く。

やがて紫色の空が姿を現し、流れ込んでくる、薄いながらも重い空気が肺を満たす。

単なる高所故のモノではなく、強い存在感を持つ何かがこちらに圧をかけてくるような、そんな空気が感じられた。

これは確実にいる。

それはもう、みんな分かっている事だろう。

唾を飲み込み、呼吸を整え、高まる緊張感を抑えつける。

「――――オオオッツッ！！！」

「っっ!?」

階段を上がり切り、屋上へと出るその前に、耳をつんざくような激しい咆哮《ほうこう》が響き渡る。

その衝撃を受けた塔がそれを拒絶するかの如く激しく揺れ、バランスを崩して転びそうになってしまった。

何とか立て直して転げ落ちずには済んだが、どうやら竜の方は前回と違って、起きている上に気合十分なようで、より絶望感が増してきた。

「……行くわ、準備はいい？」

すっかりいつもの調子に戻ったフィルカが、普段通りの無機質な表情のまま聞いてきた。

彼女は今、何を考えているのだろうか。

その顔からは希望も絶望も読み取ることができない。

そのまま真っすぐ受け取るならば、今回もいつもと同じ戦い。

目的のために全力を尽くして戦う事に変わりはない。

今のフィルカならそう言いそうだと俺は感じた。

「大丈夫だ。行こう」

本当は今すぐにでも逃げ出したいと思うくらいには魔障竜相手にいい思い出がないが、俺たちがやらねば他にやる奴は恐らく誰もいない。

覚悟を決めて、俺たちは一歩踏み出した。

◇　◇　◇

美しくも、醜い。

俺が魔障竜《そいつ》と対峙して抱いた感想だ。

二足で立ち、天を覆わんばかりの巨大な翼を広げるその様は、まさに伝説の生き物――ドラゴン。

されどその肌色は濁った青紫色。魔障に堕ちた証。

瞳の色は黒く、奥底で荒れ狂う怒りが剥き出しになっている。

その様はまるで飢えた獣。とても神なる獣とは思えない。


「――――――オォオッッ！！！」

「――ぐっ」


高らかな咆哮によって生み出された爆風が俺たちを襲う。

気を抜けばそのまま塔の外へ放り出されてしまいそうな、凄まじい圧だ。

踏ん張って、耐える。

「……決着をつけよう。お前を正気に戻してやる、魔障竜――いや、神獣・聖竜アズラゴン!!」

長ったらしい口上はいらない。

やることはただ一つ。この竜を――魔障から解放するだけ!!

「フィルカ、ミルア！　頼む!!」

まずは前衛の二人。

というか、この二人に頑張ってもらわないと今回の戦いは成立しない。

「分かっているわ」

「任せてくださいっ!!」

円形状の狭いフィールド。

単独で場外に弾き出された時点で命を諦めなければならない。

厳しい、が、負ける訳にはいかない！

まずはミルアが正面を走り、フィルカがその後ろで補助に入る。

抜かれた一対の剣が竜を喰らう牙となり、襲い掛かった。

だが――

「――オオッツ!!」

当然、届かない。

高速で走って足元から斬り上げようとしたミルアだったが、魔障竜はその立派な翼を羽ばたかせ、空へと逃れた。

そして眼下に捉えたミルアの背に向けて、生み出した巨大な火球を放つ。

「させないわ」

後ろで待機していたフィルカが何らかの魔法名を口にすると、ミルアの頭上にガラスのような障壁が作り出される。

障壁に阻まれた火球はなおも勢いを殺さず燃え盛るが、ミルアはその隙に移動し、凄まじいスピードで二種の剣を振るう。

刃が生み出した鋭い衝撃は、ミルアの能力によって飛ぶ斬撃となり、次々と竜を貫かんと空を昇っていく。

魔障竜はそれに気付き、鋭い爪を振るう事で同様の――いや、より強力な斬撃を放った。

飛ぶ斬撃同士の打ち合い――押して押されての繰り返し。

ミルアは数と速さで勝負を仕掛けるものの、一撃の重さで返された。

彼女は空を飛ぶことができない。

故に魔障竜が飛んでいる間はこれ以上の攻撃を仕掛ける事が出来ないのだ。

「こっちも忘れないで」

そこで空を飛ぶ魔法が扱えるフィルカが仕掛ける。

フィルカは剣を構え、ミルアに集中していた竜の横から斬りかかった。

速く鋭い銀の刃が魔障に堕ちた肌を斬り裂かんと振り下ろされるが――

「……えっ」

気付けばそこに竜の姿はなく、空振りに終わっていた。

ならばどこに行ったのか。それは――

「フィルカ！　後ろだ!!」

「っ!?」

どんな手を使ったのか一瞬にしてフィルカの背後へと回り込んだ魔障竜は、低く声を漏らしながら回転して巨大な尻尾で攻撃を仕掛けてくる。

あまりに速すぎるその動きにフィルカは回避が間に合わず、とっさに剣を盾として尾を受け止めるも衝撃は当然殺しきれず、思いっきり地面へと叩きつけられてしまった。

「フィルカっ!!」

「……大丈夫よ」

すぐさま回復をと思って走り寄ったが、どうやら何らかの防御行動をとったらしく傷は負っていないようだった。

しかし警戒心はさらに高まったようで、鋭い目つきで魔障竜を睨みつけている。

ミルアも一度こちら側へと退避して振出しに戻ったという状態だ。

「次は俺もサポートに入る。もう少し時間を稼ぐぞ」

「……レイル、その武器は？」

「ミストに作ってもらった俺専用の鎌だ。俺のネクロマンサーの能力を高めてくれる」

俺の右手に握らせたのは、黒の持ち手に赤色の刃を取り付けた鎌だ。

普段は小型の剣の形にして携帯しているのだが、用途によって通常サイズの剣もしくは俺の身長ほどの長さを持つ鎌の形にして戦う。

剣は触れたモノに即死効果を与える近接攻撃に特化した性能を持ち、一方の鎌はというと――

「私が先行します。次は神速舞闘でッ――!!」

ミルアが目にも止まらぬスピードで、着地した魔障竜へと迫り、神速舞闘を以て高速剣撃を仕掛けた。

鋭い剣閃が空を駆け回り、右から左へ、左から上へ、その巨体の至る所に大小様々な切り傷が次々と刻まれて行く。

俺たちはミルアの神速舞闘を見守りながら、次なる攻撃に備える事に。

「――ッ、オオッ!!」

その速さに対応しきれていないのか、竜は必死に首を動かしてミルアを視界に捕えようとしているが、彼女の攻撃を止めるには至らない。

しまいには動くのをやめ、ミルアの刃の雨をただただ受け止めていた。

諦めて終わるのを待っているのか。それとも……

「っ!! ミルア、今すぐ離れろっ!!」

「――えっ!?」

「――――ッッッ！！！」

違う。ただ受け止めていたんじゃない。

奴は力をためて、反撃の準備を整えていただけだった。

耳が壊れそうなほどの激しい咆哮と共に莫大な魔障の風が、魔障竜を中心に激しく吹き荒れる。

「きゃあああああっ!?」

攻撃を仕掛け続けていたミルアは、回避行動をとる前にその攻撃を受け止めてしまい、猛スピードで吹き飛ばされてしまう。

マズい――このままではミルアが塔の外に……

だが、その前にフィルカが動いた。

障壁を作り出して俺の前に立つ事で魔障竜の爆風魔障の攻撃を受け流し、その後すぐさま空に飛び出してミルアを抱えて着地した。

そして彼女を抱えたまま俺の方へ寄ってくる。

「レイル……ミルアが――」

「これは……」

ミルアの体は酷い有様になっていた。

半身が魔障に侵され青紫色に変色し、肌には細かい切り傷が無数に刻まれていた。

魔障は毒のようにミルアの肉体を蝕み、ミルアは苦しそうに胸を押さえて呼吸を乱している。

「治せる？　レイル」

「分からない。だが、何とかする」

俺は再び鎌を強く握りしめ、もう片方の手でミルアの魔障に侵された腕に触れる。

俺の方へと魔障が流れ込んでくることは——とりあえずはなさそうだ。

だが長く触れていると危険だという事はよく分かる。

「治している間は、わたしが時間を稼ぐわ」

「悪い。頼んだ」

フィルカは俺に背を向け、剣を構えて魔障竜へと攻撃を仕掛けていく。

俺はミルアの治療を試みるために意識を集中し、ネクロマンサーの能力を開放していった。

彼女の体内に働きかけ、魔障の働きだけを殺していく。

「……すまん、ミルア」

正直、火球や肉体を用いた物理攻撃ならば、割り込んで彼女を守れる自信があった。

だがあれは無理だ。

大量の魔障を噴き出すと共に、凄まじい衝撃波を放ってくる攻撃。

そんなものは予想していなかった。

ミルアの回復が順調に進んでいく中で、フィルカの方へと視線を移してみると、どうやら苦戦とまではいかずとも攻めあぐねているようだった。

このままでは厳しいか？

「――よーし！　こっちは準備出来たぞ‼」

そう思っていた矢先、姿を消していたミストが俺の傍へと突如現れ、そんなセリフを吐いてきた。

## 三十三話　ネクロマンサー、魔障竜と決着をつける②

「――って！　おい！　ミルアが――」

「……ミスト、お前の力を貸してくれ」

こちらへと戻ってきたミストが、倒れこんで俺の治療を受けているミルアの姿を見て、露骨に焦りだす。

ミルアが大のブラコンなのは周知の事実だが、ミストもまたかなりの妹想い。

というかミストにとって残された最後の家族であるミルアは、恐らく己の命よりも大事にしている事だろう。

その証拠に膝をついて、普段の強気な態度が一切消え失せた心底不安そうな表情でミルアの頬を撫でている。

俺は一旦ミストから意識を外し、急いで魔障による侵食を殺していった。

だが俺にできるのはそこまでだ。

魔障が体を蝕む力はそぎ落としたが、既に汚染されてしまった部位から魔障を取り除く技術を俺は持ち合わせていない。

だからこそ——

「これは——魔障を無理やり取り込まされたか。なら大丈夫だ。僕の魔道具で吸い上げてしまえば——」

俺の簡単な状況説明で全てを理解したのか、ミストはすぐさま神樹のチカラを取り込んだ右腕のブレスレット型魔道具を起動して、ミルアから凄まじい勢いで魔障を取り除いていく。

見る見るうちに青紫色の毒が吸い込まれていき、数秒後には元の美しい白い肌へと戻っていた。

そして薄れていた意識を完全に取り戻し、勢いよくミルアが起き上がった。

「——っ!!　はぁ、はぁ、ごめんなさい、油断しました」

「いや、カバーに入れなかった俺が悪かった。すまん」

「いやそんな事は——って、兄さんがここにいるって事は……」

「そうだな。上手くいったのか？」

「——ああ。あのおっそろしい竜の目を掻い潜りながらのフィールド作りは本当に生きた心地がしなかったよ」

そして、ミストが指でパチンと乾いた音を鳴らす。

その音に呼応して足元に——いや、この屋上の床全体に巨大な白い魔法陣が浮かび上がった。

それと同時に淵から赤色の障壁が発生し、円柱状へと高く伸びていった。

……よし。これで俺たちに有利なフィールドと、吹き飛ばされても守ってくれる壁が出来た。

「フィルカ！　出来たぞ!!」

「——了解よ。ハアッ!!」

魔障竜の鋭い爪を剣で受け止め競り合いをしていたところで、俺がフィルカに作戦が進行したことを伝えると、凄まじい力で爪を弾き飛ばし、そのまま隙が出来た腹に蹴りを叩き込んで、壁へと叩きつける。

その体をよく見てみると、ミルアが神速舞闘で刻んだ傷はすべて癒えているようだった。

そしてフィルカが新たに刻んだであろう傷も凄まじい速度で回復していっている。

「……ここからは耐久戦ね」

「そうだな。何とか頑張るしかない」

「さーて、僕の仕事はとりあえずこれで終わり！　後は任せたよー」

「いや、お前には魔障に侵された奴の回復とかその他、まだまだいろいろ働いてもらうぞ」

「だよねえ……」

「私もそろそろ行けます……ありがとうございました」

そう言ってミルアが立ち上がり、剣を握って体の具合を確かめていた。

一方の魔障竜はというと、全身から噴き出して溢れた魔障が次々と足元の魔法陣に吸収されて、不快そうに体を震わせていた。

これが俺たちの作戦の一つ目。

俺たち三人で魔障竜の注目を引き付けている隙に、特殊魔道具で姿を隠したミストが、フィールド内に魔障吸収魔法陣と防御結界を展開する。

封竜の剣だけではなく、もう一つミストが開発したこの魔障吸収魔法陣。

その効果は名の通り莫大な魔障を持つ対象から、自動的に魔障を吸い上げてしまうというものだ。

故に、まずは耐久戦。

少しずつ魔障竜を弱らせていき、隙を見てとどめを刺す。

ミルアは体の動きを確認したのち、すぐさまフィルカの横へと走っていった。

前衛の二人、後衛の二人の計四人で魔障竜を追い詰める。

そしてとどめは——

「——————オオオオッッッ!!」

「くっ……」

「同じ手は喰らわないわ」

先ほどよりも明らかに強い、怒り狂った咆哮が響く。

声に呼応して激しく噴き出した魔障は、荒れた暴風となり襲い掛かる。

だが真っ先にフィルカが俺たち四人全員を護れるほどの巨大障壁を展開し、魔障の侵入を許さない。

そしてほぼ全ての魔障が魔法陣に吸収されたタイミングで、前衛の二人が走る。

だが魔障竜側もそれを理解してかしないでか、即座に巨大な火球を十個以上作り出して、二人目掛けて一斉に放った。

このままでは二人共火球の餌食になる――が、

「そのまま行ってくれ！」

俺は敢えて何もせず、そのまま走れと言った。

上から降り注ぐ火球の雨を無視して、俺を信頼して走れと言った。

そして俺は鎌を強く握り、ネクロマンサーが持つ死の能力を引き出していく。

「死の囁き《ネクロウィスプ》!!」

高らかにその技の名を口にする。

鎌に宿る闇色の光。残酷で美しい、地獄の光が分裂して放たれた。

死の囁き《ネクロウィスプ》は、触れたモノ全てに死を与えるギロチンだ。

その対象は生命のみに留まらず、無機物、魔法などにさえ効果を及ぼす。

やがてそれらは火球の雨一つ一つに食らいつき、無慈悲なる死――即ち消滅を迎えさせた。

この鎌は死の囁き《ネクロウィスプ》のような、死を与える技の効果を拡大してくれる。

そのおかげで一度に十を超える光を放つ事が出来たのだ。

そして隙だらけになった竜の腹部で迎撃を警戒しながら、ミルアが目にも止まらぬ速度で傷を刻んでいき、フィルカは空高く跳び上がって重い一撃を入れる準備をしていた。

俺はやや竜との距離を詰め、次なる攻撃に対応できるよう待機。

ミストは後方にて魔法陣と結界の維持をしつつ、緊急時に動いてもらう役回りだ。

「オ、ラァッッ!!」

奴が体を捻り、再び尾を振り回そうとしているのが見えた。

それにいち早く気付いた俺は、鎌の刃に死の光を宿しミルアが作り出すそれと似た黒の斬撃を二つ飛ばした。

十字の形を模した二つの刃は猛スピードで竜へ向かって飛び、狙い通り尾の根本へと届く。

「ただの刃じゃないぞ。死の囁き《ネクロウィスプ》と同じ、触れたモノに死を与える地獄の刃だ」

刃に触れた部分から細胞レベルで死が与えられ、死した部分に刃の勢いを止める力はないため、次々に奥へと侵食していく。

ある意味、魔障と似た性質を持つネクロマンサーの死の刃。

一見接戦に見えた押し合い。

だが、ついに俺の刃が魔障竜の硬い皮膚を打ち破り、尾を斬り落とした。

「よしっ!!」

そこから畳みかけるように、鋭く巨大な風の刃を宿した剣をフィルカが振り下ろした。

失った尻尾に気を取られていた竜はその一撃に対応する事が出来ず、背面に直撃を受けた結果、片翼が切断寸前まで追い込まれてしまっていた。

「これで少しは大人しくなったか……？」

決して浅くはない魔障竜の傷口からは、魔障が次々と噴き上がってくる。

傷が痛むのか、はたまた体内の魔障が暴れ回っているのか、魔障竜はその場で苦しそうに暴れ回り始めた。

「グぐ、ガァアッッ！！！」

大人しくなるどころか、動きは更に激しくなってしまっているようだが……

「っ⁉」

カッ、と一瞬妖しく瞳が光った。

暴れ回ることをやめた魔障竜は、のそのそと重い足取りでこちらに迫ってくる。

何をしてくるのか分からないため、攻撃も迂闊な防御行動もとれない。

少しずつ後退しながら様子を窺っていると……

「――――――オオオオオオッッッッッ！！！」

激しく長い咆哮と共に空へと飛び上がったかと思えば――

「しまっ――‼」

空が蒼く光った。最後に見えたのは、それだけだった。

次の瞬間、俺の視界は真っ白に染まり、何かに押し倒され、潰された。

その直後、耳が破壊されそうなほどの爆音が襲い掛かってきた。

叫び声を上げる事すらできない、五感のほぼ全てが失われたかのような、永遠にも思える無の時間が続く。

何も見えない。何も聞こえない。何も感じ取れない。

何か強烈な質量を持つモノが世界の全てを埋め尽くしたかのような、そんな感覚。

「――っは!! はぁ、はぁ」

やがて爆音が収まり、俺の上に覆いかぶさっているヤツを無理やり引きはがして思いっきり息を吸った。

耳も眼も激しいダメージを受けたのか、未だ視界はぼやける上に耳鳴りも酷い。

何がどうなっているんだ……？

確か魔障竜が何らかの攻撃を仕掛けてきたところまでは見えていたんだが……

「――っ!! フィルカっ!?」

ようやく視力が回復してきて、最初に見えたのは力なくうつ伏せに倒れるフィルカの姿だった。

その身を護っていた装備はボロボロに、青色の肌は黒く焼け焦げ、声をかけても手を触れても何の反応も示さない。

ハッとなって周囲を見渡してみると、ミストとミルアもフィルカとほぼ同じような状態になって倒れていた。

「――そうか、あの時！」

魔障竜が空高くに浮かび上がり、莫大な魔力を籠めた攻撃を仕掛けてきたその瞬間、俺に覆いかぶさってきたのはフィルカだった。

まさかフィルカは——恐らく落雷系の魔法か何かなのだろう。その攻撃から身を挺して俺を守ったというのか？

あの一瞬でこれは全員が助からないと判断して、俺だけを生かすために……？

しばらくして、何か重いものが落ちてくる音が響いた。

竜だ。先ほどの一撃で自身にもダメージを負ったのか知らないが、どうやら空を飛んでいられなくなったらしい。

「……ありがとう、フィルカ。そして——」

フィルカが守ったのは、自分の命ではなく俺の命だった。

彼女一人だったらもしかすれば耐えられたのかもしれないのに、そうせずに俺だけを守った。

それは確かに作戦だ。味方の蘇生が可能なネクロマンサーである俺を生かすことが、勝ちに繫がるのは間違いない。

それでも俺は、フィルカが俺を護って死んでくれたことに対して、言葉では言い表せない複雑な感情を味わっていた。

味方はほぼ全滅。

魔障竜は己の傷を凄まじい速度で回復を試みている。

足元の魔法陣だけでは、まだ奴の魔障を抜ききる事はできそうにない。

だが——

「グ……が……？」

「ナイスだ、ヴィクト」

「――この時を、ずっと待っていたからね」

魔障竜の腹を突き破り、姿を現した巨大な剣先。

封竜の剣。魔障竜を殺し、神獣を蘇らせることが出来る世界でただ一つの秘剣。

それを今、ずっと姿を潜めていたヴィクトが竜の背から突き立てている。

「ああ、予定外の事は発生したが、概《おおむ》ね作戦通りだ」

「焦ったよー、さっきは……あんな滅茶苦茶な魔力を練りこんだ雷が落ちてくるとは思わなかった。

ミストくんに借りていた魔道具で姿を消していたけど、慌てて外に転移してギリギリで逃げたって感じ」

「そうか、良かった……とりあえずこれで――」

「――っと‼」

突き立てた剣が魔障が広がるのとは比べ物にならない速度で魔障を吸い上げていく。

苦しそうに暴れる竜の背から逃れて、こちらへ戻ってくるヴィクト。

転移魔法を使いこなすヴィクトこそが、隙を突いて封竜の剣でとどめを刺す役目に相応しい。

故に彼に任せたのだが、どうやら正しかったようだった。

まともに挑んでは勝てない。それは見事に予想通りだったという訳だ。

「これで終わりだ。さあ、すぐにフィルカたちの蘇生を――」

――パキンッ――

「……え？」

「嘘でしょ？」

何かが、割れた。

いや、何が割れたのかは分かっている。

何故なら、見えているから。

でも、認めたくなかった。その事実を、絶対に。

落ちてきたのは、緑色の光の線が走る銀の刃。

それは真っ二つにへし折られた、封竜の剣の成れの果て。

「――――――オオオオッツッ！！！」

激しく雄叫びを上げる魔障竜。

傷は深く、未だその体はボロボロだ。

だがそれでも、心の奥底から恐怖を感じるほどの圧はまだ残っていた。

## 三十四話　ネクロマンサー、魔界の真実を知る

「レイルくん！　マズいよ！　封竜の剣が!!」

ああ、そうだ。

確かに状況は非常にマズい。

ミストが倒れた事で床の魔障吸収魔法陣は消滅し、頼りの封竜の剣も破壊されてしまった。

フィルカもミルアも倒れ、残すは俺とヴィクトのたった二人だけ。

「レイルくん、ここは逃げ――」

「……俺が、やる」

「――へ？」

「俺がもう一度、アイツに封竜の剣を突き立てて、今度こそ奴の魔障を完全に取り除く」

「いやいや、封竜の剣はついさっき壊されたばかり――ってそれは⁉」

俺は自分用の道具袋から、一振りの剣を取り出した。

それは封竜の剣と全く同じ見た目、そして全く同じ性能を持った二本目だ。

俺は鎌を右手に、封竜の剣を左手に握りしめ、立ち上がった魔障竜と対峙する。

「……やっぱりミストは天才だ。アイツはこうなる可能性もちゃんと見抜いていた」

魔障竜に挑む直前、ミストにコイツを押し付けられてこう言われたんだ。

もし一本目で失敗するような事があれば、その時は君以外のほとんどがやられていると思う。

だから万が一の保険であるこの二本目は、蘇生役であるにレイルに渡しておく――と。

あの短時間で、二本も作り上げたこと自体が驚異的だが、この状況を予見してしっかりと保険を用意しておいたのは流石だ。

状況は最悪だ。だが、勝機はある。

こんな状況、勇者パーティにいた頃に何度でも経験してきたことだ。

右の手に青色の炎を灯す。

生み出された炎は鎌全体を包み込み、鎌の足を地面へと突き立てる事で円状に大きく広がった。

「さあ、起き上がれ！　まだ、勝てる!!」

ネクロマンサーの青色の炎は「死」という絶対不変の事象をひっくり返し、再び「生」を与える。

禁断の蘇生術。魂の理に反したネクロマンサーが魅せる奇跡。

炎は優しくも激しく死者《なかま》を包み込み、彼らを起き上がらせた。

「レイルくん……」

「ヴィクト。俺の指示したタイミングで転移魔法を使ってくれ。移動先は――」

「――っ！　なるほど、分かった。任せてくれ」

耳打ちでこっそりとヴィクトに頼んだ。

今更ではあるが、魔障竜に耳があるのかすら知らないので、作戦を理解されては困る。

奴の傷も回復が進んでいる。感知する前に決着をつけたい。

「……行くか」

俺の操りゾンビと化したフィルカとミルアを前に立たせ、剣を構えさせる。

二刀流による高速剣技を得意とするミルア。そして力を籠めた重い一撃を得意とするフィルカ。

この二人を上手く使って、隙を作る。

「――行けっ!!」

わざわざ指示を口にする必要はないが、士気を上げるためにも声を張る。

次の瞬間、ミルアが視界から消えんばかりの勢いで魔障竜へと迫った。

ネクロマンサーによる蘇生が完了するまでの数分間、ゾンビ化した対象は生前の数倍の戦闘能力を発揮する。

つまり、ミルアのスピードは先ほどまでと比べて飛躍的に上昇しているという訳だ。

縦横無尽に地を駆けるミルアの姿を奴は追い切れていない。

首を動かしている間に彼女は既に逆方向へと移動している。

そしてそんな事をして遊んでいる暇など与えない。

「…………」

彼女たちは完全に生き返っていない以上、満足に声を出すことはできない。

フィルカにはただ黙って魔法の準備を整えてもらっていたのだが、それがたった今完成した。

気付けば奴の周囲にはいくつもの黒い球体が発生し、それが一斉に襲い掛かってきた。

フィルカの好きなタイミングで、激しい爆発を起こさせる闇属性の魔法。

強化蘇生が完了した今放ったそれの威力は、推して知るべし。

「――ッッ⁉」

傷が癒えきっていない中での連続爆破攻撃。

魔障竜の表情が歪む。苦しそうな声が漏れた。

だが休ませる気はない。このままミルアを――

「――――――オオオッッッ!!」

「――っあ!!」

天を衝《つ》かんばかりの激しい雄叫びと共に、竜を中心として前方に扇状に激しい雷の雨が降り注いだ。

強烈な斥力《せきりょく》でミルアたちが弾き飛ばされ、無数の雷撃の波も徐々に迫っている。

その一つ一つにアホみたいな魔力が込められており、直撃を喰らえば、当然ただでは済まないだろう。

マズい、このままでは――

「ちっ、くそっ――!!」

俺は、剣を投げた。

封竜の剣を思いっきり竜の顔目掛けて投げ飛ばした。

イチかバチか、奴の攻撃がこちらに届く前に、最後の抵抗を――

「………」

だが、当たらない。

封竜の剣が己にとって不快な存在であることを理解してか、慌てて回避行動をとられて剣は竜の真横をすり抜けていった。

もう、こいつが外へ放り出されないようにするためのミストの障壁は存在しない。

後はこの雷撃を全員で仲良く喰らって終わり――

「……そんな訳ないだろうがっ!!　ヴィクトっ!!」

「オーケー!!」

ヴィクトの手が俺の肩に触れる。

体がふわっと浮き上がるような感覚と共に、俺は鎌を手放した。

転移術師《トランスルーラー》であるヴィクトの転移魔法。その転移先は——

「終わりだっ!!」

未だ空を切って進む封竜の剣のすぐ傍だ。

合図を出したらこの剣の位置に飛ばすよう、あらかじめヴィクトに頼んでおいた。

そして封竜の剣は今、竜の真後ろ——即ち死角にある!!

「——っ!!」

腹の底から声にならない声を吐き出しながら、柄を握りしめて竜の背に降り立ち、その体に思いっきり刃を突き立てた。

ここまでなら先ほどと同じ。それではダメだ。だから続けて——

「ミストぉぉ!!」

ヴィクトの転移魔法で雷から逃れた仲間のうちの一人。

未だ俺の支配下にあるミストが動く。

次の瞬間、竜の体は地面を突き破って現れた無数の白い鎖に絡めとられた。

封魔の鎖——気休めかもしれないが、これで更に竜の動きを制限していく。

そしてまだだ。まだこれだけではない。

不安定な竜の背から振り落とされないよう剣をしっかりと握りしめながら、もう片方の手で竜の背に手のひらを叩きつける。

「――っ、ぐぁ……」

強い魔障に侵されたその肉体に触れた事で、俺の体をも喰らいつくそうと魔障が襲い掛かってくる。

だが俺はネクロマンサーの生死反転能力で次々と迫る魔障、そして魔障竜《こいつ》の中の魔障のチカラを殺していく。

もうこれ以上の事はできない。もう、死者《なかま》を操る余裕はない。

あとは、耐えるだけ。ここで引いたら、もう絶対に勝てない。

「うぉぉオオオっっっ!!」

声を絞り出しながら、終わりの見えない地獄の時間を過ごしていく。

だんだんと遠のいていく意識の中、最後に真っ白な光が世界を包むのが見えたような気がした。

◇　◇　◇

「――ル、レイルっ!!」

「――っ、ここは……」

次に目を覚ました時、まず見えたのは青色の肌の美女の顔。

ああ、フィルカだ。ゾンビ化の時間を終え、無事蘇生が完了したようだった。

周りを見てみると、ミルアとミストも生き返ったようだな。

「痛っ……」

「無理しないで。随分と無茶をしたみたいね、レイル」

「……それはこっちのセリフだ」

痛む上体を無理やり起こし、目を軽くこすって周囲を見渡す。

相変わらずの青紫色の魔界の空だ。どうやらここはまだ塔の屋上のようだな。

魔障竜は、どうなったんだ？

そう思ってもう少し首を動かして見てみると、そこには一体の竜が立っていた。

その姿に反応して思わず飛び起きそうになったが、立ち上がることは叶わず、その代わりに激しい痛みが俺を襲ってきた。

「無理はダメって、言ったでしょう？　それによく見て。あの竜は魔障竜ではないわ」

「魔障竜じゃない……？」

そう言われて今度はゆっくりとその姿を目に捉えた。

純白の鱗《うろこ》。青みがかった、同じく白色の立派な翼に、穏やかな水色の瞳。

神々しさすら感じるほどの美しいドラゴンだ。

だが体格は先ほどまで戦っていた魔障竜と全く同じ。

という事は……

「挨拶が遅れたようだ、人間の青年よ。我は魔障竜――改め神獣・聖竜。名をアズラゴンという」

「あぁ……上手く、行ったのか。良かった……」

魔障から解放されたアズラゴンが、ゆっくりとこちらに向かって歩いてきた。

他の四人はもう既に話が終わっているのか、黙って道を開けていた。

見上げると、その大きさと迫力がよく分かる。

俺はこれほどの存在を相手にしていたのか、と。

「よくぞ我を魔障から解放してくれた。心から感謝する。名をレイルと言ったな。かつての勇者を思わせる勇敢な人間よ」

「はぁ……本当に苦労したぞ……一歩間違えればこっちが普通に全滅していた」

「だが、結果としてやり遂げてくれた。本当に感謝している」

「ああ、礼は素直に受け取る。でも、アンタのような偉大な存在が、どうして魔障なんかに堕ちたんだ？」

「あぁ、それを説明するには――」

「――それは私の口から説明してやろう」

「っ!?」

聞き覚えのない声に皆が反応し、一斉にそちらを向いた。

そこに立っていたのは、フード付きの黒いローブを身に纏った男だ。

怪しげに笑う口元だけが見えるそいつは、ゆっくりとこちらに近づいてくる。

「貴様は――っ!!」

「おっと待った。私は敵対しに来た訳ではない。少しばかり挨拶に来ただけだ」

「挨拶だと？　何をぬけぬけと――」

「クク、疲弊しているとはいえ六対一……戦うには少々分が悪いだろうな」

「貴様のその不愉快な声など耳に入れる気はない――!!」

黒フードの男を見るや否や、強い怒りと警戒心を示したアズラゴンが火球を口元に生み出して、それを勢いよく放った。

だが黒フードは一切よけようとせず、その直撃を受け――なかった。

何故か火球は黒フードをすり抜けて空の彼方《かなた》へと消えていき、やがて爆発を起こした。

「なっ……」

「神の名を冠する獣とは思えぬ落ち着きのなさよ。少し注意深く見れば分かるはずだ。私は今、この場にはいないとな」

「……魔法による映像か。おのれ……」

「何者なんだ、こいつは？」

「此奴《こやつ》は我を――」

「そこにいる神獣を魔障に堕とした男、と言えば分かるかな？」

一瞬にして場の空気が凍り付く。

そのセリフを耳にしたフィルカたちは即座に武器を構え、より警戒心を高めた。

この男は今、聖竜アズラゴンを魔障竜へと堕としたと、そう言った。

つまりはコイツがヴァルファールを滅ぼした元凶という訳だ。

「そう怖い顔をするな。今はお前たちと敵対する気はないと言ったはずだ」

「そう言われて、信用できると思う？」

「お前が神獣様を魔障に堕とし、ヴァルファールを滅ぼした元凶……」

「……待て、フィルカ、ヴィクト。とりあえず話を聞いてみよう」

「クク、どうやらこの男は物分かりがいいようだ。頭のいい奴は嫌いではない」

褒められているんだかバカにされているんだか分からないが、とりあえず今は俺たちに、しなくてもいい戦いをするほどの余裕はない。

それに何となく分かる。コイツは恐ろしい力を秘めていると。

根拠がある訳ではないが、そんな雰囲気を感じるんだ。

「……しかし、人間と魔族が手を組むか。何と美しい光景だ。その美しさに吐き気すら覚えそうだ」

「……何者なんだ、アンタは」

「私は今、何者でもない。ただ一つ名乗る名があるとすれば、魔族を魔界から解放する者——解放者とでも言っておこうか」

「解放者、だと？」

「そうだ。疑問に思ったことはないか？　魔族が何故、このような過酷な環境で生まれ育たねばならぬのか、となﾞ」

「それは……」

確かに、魔界は魔族が暮らす世界のハズなのに、この世界は魔族にとっても人間にとってもあまりに生きにくい。

神獣の加護を失えば、ただ生きていくだけでも困難になってしまう世界で魔族たちは暮らしているのだ。

「その疑問を解消しよう。それはこの魔界が――我ら魔族が神にとって悪と判断された種族であり、この魔界とは我ら魔族を半永久的に隔離し続ける牢獄であるからだ」

「――っ⁉」

「そこの竜に聞いてみるといい。神獣とは魔族を監視し、決して人間界へ魔族が進出せぬよう管理するために神によって生み出された存在なのだからな」

「………」

「神は太古の戦争に敗れた魔族を封印するために、この魔界を生み出した。しかし完全に人間界と魔界を隔離する事は叶わなかった。故に敢えて数を絞って人間界と魔界が繋がる場所を生み出した。それこそが――ダンジョンだ」

何なんだ、こいつは。何故そんなことがはっきりと言い切れるんだ？

誰も知らなかったであろう真実と思われる言葉を次々と吐き出してくる。

「作り出されたダンジョンは四つ。そして魔界に存在する神獣が四体。ここまで言えば、もう分かるだろう？」

「そうか、じゃあこの場所はやはり」

「……そうだ。我が魔障に堕ちた事で、隠しきれなくなったが故に姿を現した。それだけだ」

「素直になったではないか、神獣よ。お前は実にいい働きをしてくれた。ダンジョンに眠る魔界と人間界の出入口の仕組みを教えてくれた上に、絶対的な存在だったはずの神獣が堕ち、ヴァルファールという大国が滅びたという事実で、魔界全体の危機感を煽ってくれた。おかげで動きやすくなったよ」

「貴様ァ……」

アズラゴンの眼が強い怒りに染まる。

ヴィクトとフィルカも心中穏やかではないだろう。

こいつは結局、何が目的で何が言いたいんだ？

「……何が目的なんだ？」

「人間界をいただく。そのためには戦争だ。古《いにしえ》の戦いの再現――次こそは我らが勝利する」

「戦争だとっ……そんなことは――」

「無駄だ。戦いはもう既に始まっている。もはや誰にも止められやしない」

「始まっている、だと……？」

まさか、人間界の方で何か……？

思い当たる節はいくらでもある。

魔族による人間界の侵攻の問題は何一つ解決していないのだから。

「お前たち人間の神にもよく伝えておけ。叛逆《はんぎゃく》の時が来た、とな」

「人間の神……？」

「心当たりがあるはずだ。その神の名は――」

「――その先の話。我も混ぜてもらおうか」

「……おっと、これはこれは……」

「フォルニス……？」

俺とフードの男の間に突如割り込んできたのは、人間と魔族両方の特徴を持つ男フォルニス。ヴァルファールの地に赴く前に、アルティマのところへ行かねばと言って勝手に姿を消した、俺たちの仲間の一人。

「神の犬まで来てしまっては、これ以上話す訳にはいかないな。ここらで失礼しようか」

「――逃げるのか？」

「人聞きが悪いね。こう見えて私は忙しいんだ。今日はこれから戦う事になるであろう強者たちの顔を見に来ただけだ。もう満足した」

そう言うと同時に彼の体から闇色の光が溢れ出し、ゆっくりと彼を包んでいく。

攻撃ではなさそうだが、何をするつもりだ？

「……平和ボケした今の人間界を落とす事など容易《たやす》い。また別の場で会おう。さらばだ」

そんなセリフを残して、男を包んだ闇が徐々に小さくなり、ついに消滅してしまった。

結局よく分からない奴だったが、これからろくなことが起こらないという事だけはハッキリと理解できた。

まあ、何はともあれ、

「……戻ってきたんだな、フォルニス」

「……アルティマ様の命で、今のタイミングまで姿を隠していた。すまなかったな」

「お前がいればもう少し戦いが楽になったはずだったんだがな」

「それでは奴がこの場に現れなかっただろう。裏で手を引く者の姿を見ておきたかった。奴は我を警戒している。だからこそ、だ」

「……とにかくお前にはいろいろと聞きたいことがあったが、たった今更に増えた。今度は話してくれるんだろうな？」

「そうだな。約束は果たそう。だが、その前にお前たちは見ておく必要があるだろう」

「……？　何をだ？」

――これからの戦いの、始まりを。

そう言ってフォルニスはアビスストーンを手に持ち見せつけてきた。

## 三十五話　ネクロマンサー、次なる戦いを予見する

魔障竜を打ち破り、聖竜アズラゴンへと復活させたあの戦いから、一週間ほどが経過した。

あの後は、神獣の力を取り戻したアズラゴンと協力して、各地の魔障を浄化しつつ魔物を始末していき、ヴァルファール城から持ち帰った神樹の苗木を無事植える事が出来た。

神樹の苗木は汚染されたヴァルファールの土に埋めた瞬間、凄まじい勢いで成長していき、見上げるほどの巨木となってしまった。

成長する際に周囲から次々と魔障を吸い上げ、あっという間に安全領域を作り出したその様は、流石神の樹だなと感心したものだ。

そして集落の人たちや各地に散って生き延びていた元ヴァルファールの民たちを新たな魔王たるヴィクトが率いて復興作業が始まった。

まだまだ元通りにするには長い時間がかかるだろうが、それでも第一歩を踏み出すことが出来たのだ。

フィルカも、実際にヴァルファール再興への道が開けたのを見て安心した様子で、俺も頑張って良かったと思えた。

ミストたち兄妹も復興のために力を貸すらしく、いろいろ奔走しているようだ。

まあその対価に面白そうなモノや新しい研究に繋がる情報をもらう事が目的らしいが、それはあくまで建前なのだろう。

そして俺はというと——

◇　◇　◇

黒こげの大地。倒壊した家々。

この前見たヴァルファールの城下町と似て、惨劇が起きたことを思わせるその光景に、俺は震えた。

ここはゼルディア王国——王都リィンディア。

フォルニスに言われて人間界へ戻り、彼の能力でその上空に浮かびながら下界の有様を眺めていた。

辛うじて人々が生活している様子が見られるが、かつての活気ある王都の姿はもうどこにもない。

更には町中を普通に魔族たちが歩いていて、人間たちはその姿に怯えながら暮らしているようだった。

賢明な王がいて、勇敢なる兵士たちがいて、そして何より人類の希望たる勇者がいるはずの屈強な王国が、ここまで壊滅的な被害を受けているのは何故か。

その原因は、恐らくアレだろう。

東の空に浮かぶ、黒いナニカ。

目を凝らしてみると、黒い球状の結界に守られた大きな城のようなものが目に入ってくる。

あんなものは今まで存在しなかったはずだ。

今一度、視線を下に向ける。

あの時奴が言っていた、戦いはもう始まっている、というのはこういう事だったのか。

確かに、これはもう戦いが始まっている。そしてこれからもっと酷いことになる。

俺とフィルカが平穏な世界を満喫するのは、まだまだ先になりそうだ。

勇者に期待が出来ない今の状況では、また俺たちが頑張るしかない。

この世界を、平和にするために。

◇　◇　◇

「く……そっ!!」

その一方で、拳が痛むほど壁を強く殴りつけている男がいた。

それは勇者の職業《ジョブ》を得てこの世に生を受けた青年、ラティル。

彼は同時にゼルディア王国の王子であり、次代の王になる可能性があった男だ。

今は王位継承権を失い、勇者と名乗る事すら許されていない、ただの一般人以下の存在へと成り下がってしまった。

今までの栄光を失い、茫然《ぼうぜん》自失の生活を送る彼の目にもまた、崩壊した王都リィンディアの姿が見えている。

彼は目の前で、平和だった王国が、魔族に攻め込まれて破壊されていく様を見ていた。

もはや戦う事すらできず、ただただ見ていた。

そして奪われた。数少ない大切だったモノを、全て。

「強く、なりたいっ……‼」

復讐するための、チカラを。

今一度――いや。今度こそは世界を救う本物の勇者としてのチカラを欲した。

生まれて初めて、心の底から強くなりたいと願った。

魔族たちのモノとなってしまった王国に背を向け、ラティルは歩き出した。

もう名前だけの勇者なんて言わせない。

今度こそは失敗しないと誓って。

愛され王子の異世界ほのぼの生活
1・2
Aisareoji no isekai honobono seikatsu
霜月雹花
Hyouka Shimotsuki
顔良し
才能あり
王族生まれ
ガチャで全部そろって異世界へ
頭脳明晰、魔法の天才、超戦闘力の
チート5歳児
として 異世界を楽しみ尽くす!
自由すぎる王子様のハートフルファンタジー、開幕!
転生者の能力を決めるガチャで大当たりを引いた俺、アキト。おかげで、顔は可愛いのに物騒な能力を持つという、チート王子様として生を受けた。俺としては、家族と楽しく過ごし、学園に通って友達と遊ぶ、そんなほのぼのとした異世界生活を送れれば良かったんだけど……戦争に巻き込まれそうになったり、暗殺者が命を狙ってきたり、国の大事業を任されたり!!? こうなったら、俺の能力を駆使して意地でもスローライフを実現してやる!
◉各定価:本体1200円+税 ◉Illustration:オギモトズキン
愛され王子の異世界ほのぼの生活
愛され王子の異世界ほのぼの生活 2
強すぎて学園祭で仲間はずれに!?
だったら自分でお祭りを催しちゃおう!
神様も妖精も集まる、一大イベントが開催される!

魔力が無いと言われたので独学で最強無双の大賢者になりました!
He was told that he had no magical power, so he learned by himself and became the strongest sage!
1・2
雪華慧太
Yukihana Keita
眠れる
"劣等魔力《スーパーチート》"で反逆無双!!
最強賢者のダークホースファンタジー!
日本から異世界の公爵家に転生した元数学者の少年・ルオ。五歳の時、魔力が無いという診断を受けた彼は父の怒りを買い、遠い分家に預けられることとなる。肩身の狭い思いをしながらも十五歳となったルオは、独学で研究を重ね「劣等魔力」という新たな力に覚醒。その力を分家の家族に披露し、共にのし上がろうと持ち掛け、見事仲間に引き入れるのだった。その後、ルオは偽の身分を使って都にある士官学校の入学試験に挑戦し、実戦試験で同期の強豪を打ち負かす。そして、ダークホース出現の噂はルオを捨てた実父の耳にも届き、やがて因縁の対決へとつながっていく——
魔力が無いと言われたので独学で最強無双の大賢者になりました! 2
雪華慧太
白狼の王女を襲う!!
元ド底辺貴族が群がる外道に
断罪無双!!
最強賢者のダークホースファンタジー!!!!!!
●各定価:本体1200円+税
●Illustration:ダイエクスト

**超ユニークスキルで行く、**
**成り上がり冒険ファンタジー！**

12歳の時に行われる適性検査で、普通以下のステータスであることが判明し、役立たずとして村を追い出されたレクス。彼が唯一持っていたのは、日常のどんな動きでもスキルになるという謎の能力『日常動作』だった。ひとまず王都の魔法学園を目指すレクスだったが、資金不足のため冒険者になることを余儀なくされる。しかし冒険者ギルドを訪れた際に、なぜか彼を目の敵にする人物と遭遇。襲いくる相手に対し、レクスは『日常動作』を駆使して立ち向かうのだった。役立たずと言われた少年の成り上がり冒険ファンタジー、堂々開幕！

◉定価：本体1200円＋税　◉ISBN 978-4-434-27885-3　◉Illustration：かれい

この作品に対する皆様のご意見・ご感想をお待ちしております。

おハガキ・お手紙は以下の宛先にお送りください。

【宛先】

〒150-6008東京都渋谷区恵比寿4-20-3恵比寿ガーデンプレイスタワー8F
（株）アルファポリス　書籍感想係

メールフォームでのご意見・ご感想は右のＱＲコードから、
あるいは以下のワードで検索をかけてください。

アルファポリス　書籍の感想　検索

ご感想はこちらから

本書はWebサイト「アルファポリス」（https://www.alphapolis.co.jp/）に投稿されたものを、改題、改稿、加筆のうえ書籍化したものです。

# 最弱《さいじゃく》のネクロマンサーを追放《ついほう》した勇者《ゆうしゃ》たちは、何度《なんど》も蘇生《そせい》してもらっていたことをまだ知《し》らない

**玖遠紅音《くおんあかね》　著**

2020年11月6日初版発行

編集－宮本剛
編集長－太田鉄平
発行者－梶本雄介
発行所－株式会社アルファポリス
〒150-6008東京都渋谷区恵比寿4-20-3恵比寿ガーデンプレイスタワー8F
TEL 03-6277-1601（営業）03-6277-1602（編集）
URL https://www.alphapolis.co.jp/
発売元－株式会社星雲社（共同出版社・流通責任出版社）
〒112-0005東京都文京区水道1-3-30
TEL 03-3868-3275
イラスト－ハル犬
URL http://0802haruken.blog46.fc2.com/
デザイン－AFTERGLOW
印刷－中央精版印刷株式会社

価格はカバーに表示されてあります。

落丁乱丁の場合はアルファポリスまでご連絡ください。

送料は小社負担でお取り替えします。



ISBN978-4-434-28004-7 C0093